馔

"挺美的。"凝视连理树一会后，暖暖说，"不是吗？"

"美是美，但应该很寂寞。"

"寂寞？"

"因为在宫廷内见证不到纯真爱情，所以只好一直活着。"

"呀？"

"如果有天，世上的男女都能以纯真的心对待彼此，又何须连理树来提醒我们爱情的纯真？到那时连理树就可以含笑而枯了。"

未名湖真美。

但跟你走在一起时，却觉得未名湖
也只是一般而已。

“凉凉。”

我听到了，是暖暖的声音，但声音似乎被冰过，比暖暖的原音更冷更低。

“你是人还是鬼？”我对着墙说。

暖暖笑了，笑声细细碎碎，有点像鸟叫声。

我们不约而同停下脚步，单纯感受哈尔滨的
冬天。

"暖暖。"我说话有些艰难，"帮我看看，
我是不是冻僵了？"

"没事。"暖暖看了我一眼，"春天一到，
就好了。"

暖暖

蔡智恒 著

SPM 南方传媒 ｜ 花城出版社

中国·广州

图书在版编目（CIP）数据

暖暖 / 蔡智恒著. -- 广州 ：花城出版社，2024.1
ISBN 978-7-5749-0009-7

Ⅰ．①暖… Ⅱ．①蔡… Ⅲ．①长篇小说－中国－当代
Ⅳ．①I247.5

中国国家版本馆CIP数据核字(2023)第181450号

合同版权登记号：图字 19-2023-158 号

出 版 人：张　懿
项目统筹：陈宾杰　蔡　安
责任编辑：安　然
责任校对：梁秋华
技术编辑：凌春梅　林佳莹

书　　名　暖暖
　　　　　NUANNUAN
出版发行　花城出版社
　　　　　（广州市环市东路水荫路11号）
经　　销　全国新华书店
印　　刷　北京通州皇家印刷厂
　　　　　（北京市通州区张家湾镇皇木场村）
开　　本　889毫米×1194毫米　32 开
印　　张　9.5
字　　数　204,000字
版　　次　2024年1月第1版　2024年1月第1次印刷
定　　价　45.00元

如发现印装质量问题，请直接与印刷厂联系调换。
购书热线：020-37604658　37602954
花城出版社网站：http：//www.fcph.com.cn

1

"嘿，我叫暖暖。你呢？"

认识暖暖是在一次海峡两岸的学生夏令营活动中。

这个夏令营的详细名称我忘了，只记得有类似"文化寻根"的关键字。

那时我刚通过硕士论文口试，办离校手续时在学校的网页里看到这项活动。

由于我打算休息一个月后才投入职场，索性报了名。

跟本校几个学弟学妹和其他三所学校的大学生或研究生，一同飞往北京。

北京有四所学校的大学生正等着我们。

这个活动为期八天七夜，活动范围都在北京附近。

四个老师（台湾、北京各两个）领队，带领这群五十名左右的学生。

老师们的年纪比我们大不了多少，而且我们也算是大人了，所以他们只是象征性地负责行程安排等杂务，不怎么管理我们。

虽然万一出了事他们得负责，但紧张的反而是我们。

初见面时，正是准备用晚餐的时分。

老师们彼此说些"一路上辛苦了""还好还好""您请坐""不不不您先请""千万别客气"之类的客套话，但所有学生的脸皮都紧绷着。

如果你曾睡过很沉的觉，你应该知道刚睡醒时脸皮几乎是没有弹性的。

没错，就是那种缺乏弹性的紧绷感弥漫在所有学生的脸上。

全部的人坐成六桌，上了第一道菜后两分钟内，没人动筷子。

老师们殷勤劝大家举筷，学生们则很安静。

我坐的桌子没有老师，同桌的学生不仅安静，恐怕已达到肃静的境界。

就在隔壁桌的北京老师劝了第三次"大家开动啊别客气"的时候，坐在我左手边的女孩开了口，顺便问我的名字。

"我叫凉凉。"

我一定是紧张过了头，脱口说出这名字。

如果你是我父母或朋友或同学或认识我的人，你就会知道这不是我名字。

"你说真格的吗？"她的语气很兴奋，"我叫暖暖，你叫凉凉。真巧。"

暖暖笑了笑，成为最早恢复脸部肌肉弹性的学生。

"同志们，咱们开动吧。"

说完后暖暖的右手便拿起筷子，反转筷头朝下，轻轻在桌上敲两声；再反转筷头朝上，指头整理好握筷的姿势，然后右手往盘子伸直。

暖暖的动作轻，而且把时间拉长，似乎有意让其他人跟上。

就像龟缩在战壕里的士兵突然看到指挥官直起身慷慨激昂高喊：冲啊！

于是纷纷爬出战壕，拿起筷子。

暖暖夹起菜到自己的碗上空时停顿一下，再右转九十度放进我碗里。

"这菜做得挺地道的，尝尝。"她说。

"这是？"我问。

"湖北菜。"

其实我只是想问这看起来红红软软的是什么东西，但她既然这么回答，我只好又问："你怎么知道是湖北菜？"

"你问的问题挺深奥的。"她回答，"外头餐厅的招牌上有写。"

看来我问了个蠢问题，如果要再开口，得问些真正深奥的问题。

想了一下后，我开口问的深奥问题是：

"你是湖北人吗？"

"不是。"暖暖摇摇头，"我是黑龙江人，来北京念大学。"

"果然。"我点点头。

"咋了？"

"你说你是黑龙江人，对吧？"

"嗯。"

"这里是北京。没错吧？"

"没错。"

"你没到过湖北吧？"

"没去过。"

"那你怎么会知道这里的湖北菜很道地——不，很地道呢？"

"这个问题也挺深奥的。"暖暖停住筷子，迟疑了一会，再开口说，"我是听人说的。"

"啊？"

"毕竟你们是从台湾来的，我算是地主，总得硬充一下内行。"

暖暖说完后笑了笑。

我的紧张感顿时消失了不少。

看了看四周，学生们的脸皮已恢复弹性，夹菜舀汤间也会互相点头微笑。

"对了，我姓秦。"暖暖又开口说，"你呢？"

"我姓蔡。"

"蔡凉凉？"暖暖突然笑出声，"凉凉挺好听，但跟蔡连在一起就……"

"再怎么闪亮的名字，跟蔡连在一起都会失去光芒。"

"不见得哟。"

"是吗？"

"菜凉了就不好吃了，要趁热吃。你的名字挺有哲理的。"暖暖笑着说，"你父亲大概是希望你做人要把握时机、努力向上。"

"那你叫暖暖有特别的含义吗？"我问。

"我父亲觉得天冷时，暖暖、暖暖这么叫着，兴许就不冷了。"她回答。

"你的名字比较好，不深奥又有意境。"

"谢谢。"暖暖笑了。

我开始感到不安。因为我叫凉凉可不是说真格的，而是说假格的。

没想到刚刚脱口而出的"凉凉"，会有这么多的后续发展。

几度想告诉暖暖我不叫凉凉，但始终抓不住良心发现的好时机。

"咋停下筷子呢？"暖暖转头对着我说，"快吃呗。"

这顿饭已经吃了一半，很多人开始聊天与谈笑。

跟刚入座时的气氛相比，真是恍如隔世。

暖暖和我也闲聊起黑龙江很冷吧台湾很热吧之类的话题。

聊着聊着便聊到地名的话题，我说在我家乡有蒜头、太保、水上等地名。

"我老家叫布袋。"我说。

"就是那个用来装东西的布袋？"暖暖问。

"没错。"

"这地名挺有趣的。"

"台湾也有个地方叫暖暖哦。"我用突然想起某件事般的口吻说。

"你说真格的吗？"

"这次绝对真格，不是假格。"

"这次？假格？"

"没事。"我假装没看见暖暖狐疑的眼光，赶紧接着说，"暖暖应该在基隆，有山有水，是个很宁静很美的地方。"

"你去过吗？"

"我也没去过暖暖。"我笑了笑，"这次该轮到我硬充内行了。"

"怎么会有地方取这么个温雅贤淑的名字呢？"

"说得好。暖暖确实是个温雅贤淑的名字。"

"多谢夸奖。"暖暖笑了笑。

"不客气。我只是实话实说。"

"可以再多告诉我一些关于暖暖这地方的事吗？"

"就我所知，清法战争时，清军和民兵曾在暖暖隔着基隆河与法军对峙，阻止法军渡河南下攻进台北城。"我想了一会后，说。

"后来呢？"

"法军始终过不了基隆河。后来清法议和，法军撤出台湾。"

"还有这段历史呀。"

"嗯。"我点点头，"清末难得没打败仗，这算其中之一。"

暖暖也点点头，然后陷入沉思。

"真想去看看那个有着温馨名字的地方。"过了几分钟，暖暖又开口。

"很好啊。"

"那是个什么样的地方呢？我真想看。"

"非常好。"

"我是说真格的。"

"我知道。"

"这是约定。"

"啊？我答应了什么吗？"

"总之，"暖暖的脸上带着古怪的笑容，"我一定要去暖暖瞧瞧。"

我看了看她，没有答话，试着体会她想去暖暖的心情。

我知道暖暖应该不是那种你不带我去，我就死给你看的任性女孩；更不是那种你不带我去，你就死给我看的凶残女孩。

也许她口中的约定，只是跟她自己约定而已。

饭局结束后，我们来到一所大学的宿舍，往后的七个晚上都在这里。

因为这顿饭比预期的时间多吃了一个钟头，又考虑到台湾学生刚下飞机，所以取消预定的自我介绍，将所有学生分成六组后，就各自回房歇息。

取消自我介绍让我松了口气，因为我可不能在大家面前说我叫蔡凉凉。

四个人一间房，男女分开（这当然是无可奈何的）。

不过在分房时，还是引起一阵小骚动。

台湾学生的姓名，清一色是三个字。

以我来说，小学、初中、高中、大学、研究所，没碰到过姓名两个字的同学。

但北京学生的姓名，竟然多数是两个字。

男的名字还算好辨认，有些女孩的名字就很中性甚至偏阳性了。

有位台湾女孩发现同寝的室友竟然叫岳峰和王克，吃了一惊，才引起骚动。

"你能想象一个温柔端庄的姑娘叫岳峰吗？"叫岳峰的女孩带

着悲愤的语气说。

至于王克，则是个身材娇小的清秀女孩。

岳峰和王克，都是令人猜不透的深奥名字。

学生们开始研究起彼此的姓名，有人说三个字好听、两个字好记，也有人说两个字如果碰到大姓，就太容易撞名了。

聊着聊着便忘了回房，老师们过来催说早点歇息明天要早起之类的话。

回房的路上刚好跟暖暖擦身，"凉凉，明天见啰。"拎个袋子的暖暖说。

旁人用狐疑的眼光看我，我心想叫凉凉的事早晚会穿帮。

同寝的室友一个是我学校的学弟，另两个是北京学生，叫徐驰和高亮。

徐驰和高亮这种名字就不深奥了。

由于我比他们大两岁左右，他们便叫我老蔡，学弟也跟着叫。

我们四人在房里闲聊，北京的说法叫侃大山。

我挂心凉凉的事，又觉得累，因此侃一下休息两下，有一搭没一搭地侃。

闭上眼，我告诉自己这里是北京、我在北京的天空下、我来到北京了。

为了给北京留下初次见面的好印象，我可千万别失眠。

不过我好像多虑了，因为没多久我便迷迷糊糊睡着了。

2

第二天一早，用过早饭后，大伙出发前往紫禁城。

同行的北京学生都是外地来北京念书的学生，但他们到北京的第一件事，几乎都是逛紫禁城，因此他们对紫禁城熟得很。

老师们只说了集合时间和地点，便撒手让北京学生带着台湾学生闲逛。

刚走进午门，所有学生的第一反应，都是学起戏剧里皇帝勃然大怒喊：推出午门斩首！

虽然也有人解释推出午门只是不想污染紫禁城的意思，实际刑场在别处。

但不可否认午门给人的印象似乎就只是斩首而已。

如果是我，我的第一反应是：咦？怎么没经过早门，就到午门了呢？那下个门是否就是晚门？

不过我本来就不是正常的人，所以不理我没关系。

"凉凉，原来你在这儿。"暖暖突然跑近我，"快！我看到你家了！"

"什么？"虽然我很惊讶，但还是跟在暖暖后面跑。

跑了三十几步，暖暖停下脚步，喘口气右手往前一指："你家到了。"

顺着她的手势，我看到一个中年男子正拿着灰白色的布袋装东西。

转过头看暖暖，她右手抚着肚子，一副笑到肚子疼的样子。

"非常好笑。"我说。

"等等。"暖暖笑岔了气，努力恢复平静，但平静不到一秒，又开始笑。

"再等等……"

看来暖暖似乎也不太正常。

虽然暖暖渐渐停止笑声，但眼中的笑意短时间内大概很难散去。

我想暖暖现在的心情很好，应该是我良心发现的好时机。

穿过金水桥，我们像古代上朝的官员一样，笔直地往太和殿的方向走。

走着走着，我清了清喉咙说："我跟你说一件事。"

"有话就直说呗。"

"其实我不叫凉凉。"

"啥?"

"说真的，我不叫凉凉。"

暖暖眼中的笑意慢慢散去，取而代之的是疑惑不解，然后是埋怨。

"连名字都拿来开玩笑，你有毛病。"

"sorry。"

"干吗讲英文？"

"台湾的用语在这时候通常是说对不起，我不知道北京是否也这么说。"

"你病傻了吗？"暖暖差点笑出声，"当然是一样！"

我也觉得有点傻，傻笑两声。

"喂，你还没告诉我，为什么你要说你叫凉凉？"

"一听到暖暖，我的第一反应就是凉凉。"

"嗯？"

"因为冬暖夏凉。"

"同志。"暖暖的眼神很疑惑，"你的想法挺深奥的。"

"如果你问我 AB 的弟弟是谁？"我试着解释我的深奥想法，"我会回答 CD。"

"啥？"暖暖的眼神更疑惑了。

"照你这么说，达·芬奇排行老大而且还有个弟弟叫达·芬怪啰。"暖暖说。

"达·芬奇是谁？"

"你不知道？"暖暖眼睛睁得好大，"就画《蒙娜丽莎》那个。"

"哦。"我恍然大悟，"台湾的翻译叫达文西，他并不是老大而是老二，因为达文东、达文西、达文南、达文北。"

"所以翻译名字不同，兄弟就少了好几个？"

"看来是这样。"

暖暖不再回话，缓缓往前走。我跟在后头，心里颇为忐忑。

过了一会，暖暖回头说："别闷了。我说个笑话给你听。"

"嗯。"

"公交车上挤满了人，有个靓女不留神踩了个汉子一脚，靓女转头慢慢地说：先生，我sorry你。结果你猜那汉子咋说？"

"他说什么？"

"那汉子眼睛瞪得老大说：啥？你sorry我？我还sorry你全家咧！"

说完暖暖便笑了起来，我也陪着笑两声。

因为暖暖先学靓女娇生娇气，后学汉子扯开粗哑嗓子的表演很生动有趣。

"你让我说一句，我就原谅你。"暖暖停止笑声后，说。

"没问题。"

"你刚说sorry……"暖暖一副憋住笑的样子，"我sorry你全家。"

"非常荣幸。"

"梁子算揭过了，"暖暖笑着说，"但我以后还是偏要叫你凉凉。"

"好啊。"

"那就这么着，以后你的小名就叫凉凉。"

我点了点头，笑了笑。跟上她，一起往前走。

到了太和殿前的宽阔平台，有学生朝我们招手，喊："过来合个影！"

我和暖暖快步跑去，在太和殿下已有十几个学生排成两排。

准备拍照时，我伸出双手的食指和中指各比个 V，暖暖很好奇。

"台湾学生的习惯要么比 V 耍帅，要么摊开拇指和食指用指缝托住下巴，或用指头抵着脸颊，哪一个指头都行，这叫装可爱。"

我话刚说完，听到拍照的同学喊"茄子"，在一片茄子声中，闪了个光。

问了暖暖为什么要说茄子，得到的答案就像在台湾要说英文字母 C 一样，都是要人露齿微笑而已。

我和暖暖走进太和殿。这是皇帝登基的地方，得仔细看看。

殿内金砖铺地，有六根直径一米的巨柱，表面是沥粉贴金的云龙图案。

龙椅和屏风即在六根盘龙金柱之间，安置在两米高的金色台基之上。

我看着那张金色龙椅，开始数龙椅上是否真有九条龙，数着数着竟出了神。

"想起了前世吗？"暖暖开玩笑问。

"不。"我回过神，说，"我的前世在午门。"

"你这人挺怪。"暖暖笑着说。

走出太和殿后，我还是跟着暖暖闲晃。

暖暖的方向感似乎不好，又不爱看沿路的指标，常常绕来绕去。

别人从乾清宫走到养心殿，我们却从养心殿走到乾清宫。

"哎呀，不会走丢的，你放心。"她总是这么说。

一路上暖暖问起台湾的种种，也问起我家里状况。

我说我在家排行老二，上有一姐，下有一妹。

"有兄弟姐妹应该挺热闹的。不像我，家里就一个小孩。"暖暖说。

"可是我老挨打耶。"

"咋说呢？"

"当孩子们争吵，父亲有时说大的该让小的，我就是被打的大的；但有时却说小的要听大的，我却变成被打的小的。所以老挨打。"

"会这样吗？"

我嘿嘿两声，接着说："人家说当老大可以培养领导风格，老幺比较任性，但也因任性所以适合成为创作者。至于排行中间的，由于老挨打，久而久之面对棍子就会说打吧打吧，打死我吧，因此便学会豁达。"

"豁达？"暖暖不以为然，"那叫自暴自弃。"

"但也有一些排行中间的人很滑溜，打哥哥时，他变成弟弟；打弟弟时，他却变成哥哥。这些人长大以后会成为厉害角色。"

"是吗？"

"净瞎说。"过了一会，暖暖吐出这句话。

"我不知道你还要带我绕多久才可以离开紫禁城，不瞎说会很无聊的。"

"喏，御花园到了。"她停下脚步指着前方，"穿过御花园就到神武门，出了神武门就离开紫禁城了。"

从踏入紫禁城到现在，觉得世界的形状尽是直、宽、广、方，没想到御花园是如此小巧玲珑、幽雅秀丽。

园内满是叠山石峰、参天古木、奇花异草和典雅楼阁，脚底下还有弯弯曲曲的花石子路。

我和暖暖在御花园的花木、楼阁、假山间悠游，还看到连理树。

两棵柏树主干联结在一起，仿佛一对恋人含情脉脉紧紧拥抱。

一堆人在连理树下照相，而且通常是一男一女。

暖暖说这连理树有四百多岁了，是纯真爱情的象征。

"挺美的。"凝视连理树一会后，暖暖说，"不是吗？"

"美是美，但应该很寂寞。"

"寂寞？"

"因为在宫廷内见证不到纯真爱情，所以只好一直活着。"

"呀?"

"如果有天，世上的男女都能以纯真的心对待彼此，又何须连理树来提醒我们爱情的纯真? 到那时连理树就可以含笑而枯了。"

"你热晕了吗?"暖暖很仔细地打量我，"待会我买根冰棍请你吃。"

"……"

呼，确实好热。

七月的北京就像台湾一样酷热，更何况还走了一上午。

穿过神武门后，我又一个劲往前走，暖暖在背后叫我:"凉凉! 你要去哪儿? 想学崇祯吗?"

"崇祯?"我停下脚步，回头发现暖暖出神武门后便往右转。

"李自成攻入北京时，崇祯皇帝便像你那样直走到对面景山自缢身亡。"

暖暖笑了笑，朝我招招手，"快过来这儿，别想不开了。"

"好险。"我走回暖暖身旁说。

这里有超过五十米宽的护城河，我们在护城河边绿树荫下找个角落歇息。

暖暖买了两根冰棍，递了一根给我。

学生大多走出来了，三三两两地闲聊、拍照或是喝冷饮。

我和暖暖边吃冰棍边擦汗，她说我好像恢复正常了，我说那就表示不正常。

我又告诉暖暖，台湾有个地方叫天冷，那里的冰棒还特别好吃。

"冰棒就是你们说的冰棍啦。"我特地补充说明。

"冰棒我听得懂。"暖暖微微一笑，笑容有些古怪。

"嘿，啥时候带我去暖暖瞧瞧？"暖暖说。

原来我刚说天冷时，又让暖暖想起了暖暖。我想了一下，说："大约在冬季。"

"这首歌前些年火得很，几乎人人都会唱。"

正准备回话时，徐驰朝我走过来，喊了声："老蔡！"

徐驰手里拿了台数码相机，说："也给你们俩来一张。"

我和暖暖以身后城墙为背景，彼此维持一个风起时衣袖刚好接触的距离。

准备拍照时，我照例比了两个 V，暖暖叫我装可爱，我说我老了不敢。

徐驰喊一、二、三、茄子，暖暖也开口说茄子。

我抓住那个瞬间喊：芭乐。

"你说啥呀。"暖暖扑哧笑出了声。

徐驰快门一按，似乎凑巧抓住了那个瞬间。

暖暖急忙跑过去，看了看相机内的影像后，紧张地说：

"不成！你得把这张删了。"

我也跑过去，看到刚好捕捉到暖暖扑哧一笑的影像，暖暖的笑容好亮。

我突然想到昨晚听到的"靓"这个字。

"靓"这个字在台湾念"静"的音，在北京却念"亮"的音。

所谓的靓女注定是要发亮的，看来这个字在北京念"亮"是有几分道理。

"我给你一根冰棍，你把它删了。"暖暖对徐驰说。

"我给你两根，不要删。"我也对徐驰说。

"咱们是哥们儿。"徐驰拍拍我肩膀，"我死都不删。"

我虎目含泪，紧紧握住他的双手，洒泪而别。

"你干吗不让删？"暖暖语气有些抱怨，"我嘴巴开得特大，不端庄。"

"怎么会呢？那是很自然、很亲切的笑容，总之就是一个好字。"

"又瞎说。"

"你看。"我转身对着她，"我眼睛有张开，所以是明说，不是瞎说。"

暖暖正想开口回话时，听到老师们的催促声，催大家集合。

学生们都到齐后，全体一起照张相，便到附近的饭馆吃饭。

分组果然有好处，吃饭时就按组别分桌，不必犹豫怀疑。

我和暖暖同一组，同桌的学生也大致认识，吃起饭来已经不难。

这顿饭吃的是水饺、馄饨再加上点面食，天气热我胃口不好，没吃多少。

饭后要去逛北海，北海是皇家御苑，就在紫禁城西北方，很近。

前门西侧有座圆形团城，团城上承光殿内北面的木刻雕龙佛龛内，供奉着一尊高约一米五，由整块白玉雕刻而成的释迦牟尼佛坐像。

玉佛洁白无瑕，散发着清润光泽，可惜左臂有一道刀痕，是八国联军所为。

我猜是因为八国都想要，于是想把玉佛切成八块，但是没有成功。

可见玉佛是绝美的艺术品，让人在杀人放火之余还可冷静考虑公平分配。

承光殿前有个蓝琉璃瓦顶的亭子，亭中石莲花座上摆放着一个椭圆形玉瓮。

玉瓮是墨绿色，带有白色花纹，高七十厘米，周长约五米，简直像个浴缸。

浴缸是玉缸，玉缸像浴缸，道是浴缸却玉缸，怎把玉缸当浴缸。好绕舌。

北京李老师说这是元世祖忽必烈入主北京后，为大宴群臣犒赏将士，令工匠开采整块玉石再精雕细刻而成，作为酒瓮，可盛酒三十几石。

玉的白纹勾勒出汹涌波浪、漩涡激流，张牙舞爪的海龙上半身探出水面；又有猪、马、犀牛等遍体生鳞的动物，像是神话里龙宫中的兽形神怪。

整体雕刻风格显现出游牧民族剽悍豪放的气魄。

"乾隆年间对这玉瓮又修饰了四次，由于元、清的琢玉技法、风格不同，因此可以区分出修饰过的差异。"李老师说，"同学们看得出来吗？"

大伙仔细打量这玉瓮，议论纷纷。暖暖问我："你看得出来吗？"

"当然。"我点点头，"元代雕刻的线条较圆，清代的线条则较轻。"

"是吗？"暖暖身子微弯，聚精会神看着玉瓮。

"元代圆，清代轻。"我说，"这是朝代名称背后的深意。"

暖暖先是一愣，随即直起身，转头指着我说："明明不懂还充内行。"

我当然不懂，如果这么细微的差异都看得出来，我早就改行当米雕师了。

北海其实是湖，湖中有座琼岛，下团城后走汉白玉砌成的永安桥可直达。

琼岛上有座白塔，暖暖说这是北海的标志，塔中还有两粒舍利子。

登上白塔，朝四面远眺，视野很好，可看到北京中心一带的建筑。

琼岛北面有船，可穿过湖面到北岸，同学们大多选择上船；但我想从东面走陟山桥到东岸，再绕湖而行。

暖暖说不成，现在天热，万一我热晕了，又要说些如果世上的男女都能以纯真的心对待彼此，到那时北海就可以含笑而干了之类的浑话。

"算命的说我这个月忌水。"我还是摇摇头。

"还瞎说。"暖暖告诉身旁的人，"同志们，把他拉上船！"

两个男同学一左一右把我架上船，暖暖得意地笑了。

下了船，一行人走到九龙壁。

九龙壁双面都有九条大龙，而且壁面上有独一无二的七彩琉璃砖，我早在台湾的教科书上久仰大名。

我特地叫来徐驰，请他帮我拍张独照，我还是在九龙壁前比了两个 V。

"龙动了哟。"暖暖笑说。

我回过头，色彩鲜艳的琉璃再加上光的反射，还真有龙动起来的错觉。

离开九龙壁，经过五龙亭，再沿西岸走到西门，车子已在西门外等候。

上了车，打了个盹后，就回到睡觉的大学（没有侮辱这所大学的意思）。

简单洗把脸，待会有个学者要来上课，是关于故宫的文化和历史方面。

课上得还算有趣，不是写黑板，而是用 PowerPoint 放映很多图片。

上完课后，还得补昨晚没做的自我介绍。

老师们也希望台湾学生发表一下对北京或故宫有何感想。

自我介绍形式上的意义大于实质上的意义，因为同学们已经混得很熟。

令我伤脑筋的，是所谓"感想"这东西。

我回想起在机场等待班机飞离台湾时，心里装满兴奋，装不下别的。

飞到香港要转飞北京前，在登机口看到"北京"两字，兴奋感变透明，虽然存在，却好像不真实。

北京这地名一直安详地躺在我小学、中学甚至大学的课本里。

我常常听见它的声音，却从未看过它的长相。

我无法想象一旦碰触后，触感是什么。

这有点像听了某人的歌一辈子，有天突然要跑去跟他握手。

握完了手，你问我感想是什么。

我只能说请你等等，我要问一下我的右手。

如今我站在台上，说完自己的名字后，我得说出握完手的感想。

我能张开右手告诉他们 talk to this hand 吗？

我只能说故宫大、北京更大，连午饭吃的水饺和馄饨都比台湾大。

"总之就是一个大字。"我下了结论。

"然后呢？"北京李老师问。

"因为大，所以让人觉得渺小。"

"还有呢？"北京张老师问。

"嗯……"我想了一下，"渺小会让人学会谦卑。不过我本来就是个谦卑的人，而且五成谦、五成卑，符合中庸之道。到了北京看完故宫，变为两成谦、八成卑，有点卑过头了。我应该再去看看一些渺小的事物才能矫正回来。"

全场像电影开场前的安静。

"我可以下台了吗？"等了一会，我说。

不等老师开口，全体同学迫不及待拍手欢送我下台。

"怎么样？"我坐回位子，转头问暖暖，"很令人动容吧？"

"总之就是一个瞎字。"暖暖说。

自我介绍兼感想发表会结束，便是令我期待已久的晚餐时分。

因为中午吃得少，晚上饿得快。

走进餐馆前，我特地打量一下招牌，发现"渝菜"这个关键字。

我中学时地理课学得不错，知道渝是重庆的简称，所以是重庆菜。

重庆菜应该和川菜颇有渊源。

川菜？

我开始冒冷汗。

我不太能吃辣，以前在台湾第一次吃麻辣锅后，拉了三天肚子。

拉到第三天时，走出厕所，我终于领悟到什么叫点点滴滴。

"能吃辣吗？"刚走进餐馆，北京李老师便微笑询问。

你看过撕了票、进了电影院的人，在电影还没播放前就尖叫逃出来的吗？

"还行。"我只好说。

"那你会吃得非常过瘾。"李老师又说。

我不禁流下男儿泪。

果不其然，第一道菜就让我联想到以色列旁边的红海。

汤上头满满浮了一层红色的油，我不会天真到以为那是番茄汁。

"嘿嘿。"暖暖笑了。

"笑什么？"我问。

"据说挺能吃辣的人，看到辣脸会泛红；不能吃辣的人嘛，脸会发青。"

"你想说什么？"

"没事。"暖暖说，"我瞧你脸色挺红润的，由衷为你高兴而已。"

说完后，暖暖又嘿嘿两声。

"请容许小妹跟您解说这道菜。"暖暖笑了笑说，"将生鱼肉片成薄片，用滚烫辣油一勺一勺地浇熟，这道菜就成了。"

"……"

"一勺一勺地哟。"暖暖还加上手势。

我试着拿起碗，但左手有些抖，碗像地震时的摇晃。

"请容许小妹替您服务。"暖暖舀起几片鱼肉放进我的碗，再淋上汤汁，"尝尝。"

我夹起一片鱼肉，在暖暖充满笑意的眼神中吃下肚。

辣到头皮发麻，感觉突然变成岳飞，已经怒发冲冠了。

"感想呢？"暖暖问。

"这……在……辣……"我舌头肿胀，开始口齿不清。

"请容许小妹帮您下个结论。"暖暖说，"鱼肉辣、汤汁更辣，总之就是一个辣字。"

"这实在太辣了。"我终于说，"我不太能吃辣。"

"您行的，别太谦卑。多吃这渺小的辣，您就会谦回来，不会太卑了。"

第二道菜又是一大盘火红，看起来像是盘子着了火。

红辣椒占多数，鸡丁只占少数，正怀疑是否现在辣椒便宜鸡肉昂贵时，暖暖已经盛了小半碗放我面前。只有两小块鸡丁，其余全部是辣椒。

"这是辣子鸡，听说辣椒才是主角，鸡丁只是配菜。"暖暖笑着说。

我不敢只吃辣椒，便同时夹块鸡丁和辣椒，辣椒上面还有一些小点。

才咬一口，我已经忘了椅子的存在，因为屁股都发麻了。

"别小看这小点，那是花椒。"暖暖用筷子挑起红辣椒上的小点，"会让你麻到群魔乱舞。"

这道菜既麻又辣，实在太黯然、太销魂了。

"凉凉，你哭了？"暖暖说。

"我不行了。"

"您行的。"

"暖暖，我错了。饶了我吧。"

暖暖哗啦哗啦笑着，非常开心的样子。

肚子实在饿得慌，我又勉强动了筷子。

"吃麻会叫妈，吃辣就会拉。"我说。

"你说啥？"暖暖问。

我想我已经辣到临表涕泣，不知所云了。

"没想到川菜这么麻辣。"我要了杯水，喝了一口后说。

"这是渝菜。你若说渝菜是川菜，重庆人肯定跟你没完。"

"原来渝菜不是川菜。"

"你若说渝菜不是川菜，那成都人肯定有儿大不由娘的委屈。"

"喂。我只是个不能吃辣又非得填饱肚子的可怜虫，别为难我了。"

"其实是因为渝菜想自立门户成为中国第九大菜系，但川菜可不乐见。"

"渝菜和川菜有何区别？"

"简单说，川菜是温柔婉约的辣，渝菜则辣得粗犷豪放。"暖暖笑了笑，"我待会挑些不太辣的让你吃。"

"感激不尽。"我急忙道谢。

"我只能尽量了。毕竟这就像是鸡蛋里挑骨头。"

我叹了口气，看来今晚得饿肚子了。

"为什么今晚要吃这么麻辣的渝菜呢？"

"我估计老师们可能要给你们这些台湾学生来个下马威。"

"下马威应该是昨天刚下飞机时做的事才对啊。"

"如果昨晚下马威，万一下过头，你们立马就回台湾可不成。"暖暖说，"今天下刚好，上了戏台、化了花脸，就由不得你不唱戏。"

"太狠了吧。"

"我说笑呢，你别当真。"暖暖笑着说。

暖暖似乎变成了试毒官，先吃吃看辣不辣，再决定要不要夹给我。

夹给我时，也顺便会把辣椒、花椒之类的东西挑掉。

只可惜渝菜是如此粗犷豪放，拿掉辣椒也不会变成文质彬彬。

结果这顿饭我只吃了几口菜，连汤都不敢喝。

但同行的台湾学生大多吃得过瘾，只有两三个被辣晕了。

回到寝室后，觉得空腹难受，便溜到街上找了家面馆，叫了碗面。

面端来了，好大一碗。看看桌上，只有筷子。

我起身向前，走到柜台边，问："有没有汤匙？"

"啥？"煮面的大婶似乎听不懂。

我想她大概听不懂台湾腔，试着卷起舌头，再说一次："汤匙？"

"啥？"大婶还是不懂。

我只好用手语比出舀汤然后送入口中的动作。

"勺是呗？"大婶拿根勺给我，嘴里还大声说，"勺就勺呗，说啥汤匙？汤里有屎吗？"

店内的客人哇哈哈大笑，大婶也跟着笑，好像在比谁声大。

大婶，我台湾来的不懂事，您应该小点声，这样我很尴尬耶。

我匆匆吃了大半碗面便赶紧走人。

回寝室途中，刚好碰见学弟走出厕所。"拉肚子了。"他说。

"还好吗？"我问。

"不好。"他摇摇头，"我的菊花已经变成向日葵了。"

"混蛋！"我赶紧捂住他的嘴，"不要在这里说白烂话。"

我和学弟走回寝室，刚好碰见高亮。

"老蔡，大伙要逛小吃一条街。一道去吧。"他说。

原来北京学生担心台湾学生吃不惯麻辣，便提议去小吃一条街打打牙祭。

老师们并不阻止，只叮咛出门要留神、回来别晚了、别装迷糊把酒吧一条街当成小吃一条街。

小吃一条街跟台湾的夜市很像，只不过台湾的夜市还卖些衣服、鞋子、CD 之类的东西，偶尔还有算命摊、按摩店；但小吃一条街全都是吃的。

刚吃了大半碗面，肚子并不饿，因此我光用闻的，反正闻不用花钱。

逛了些时候，食物的香味诱出了食欲，开始想尝些新玩意儿。

"凉凉。"我转头看见暖暖，她递给我两根羊肉串，说，"喏，给你。"

"不辣吧？"我问。

"你说呢？"

我有些害怕，用鼻子嗅了嗅，再伸出舌头轻轻舔了舔。

"哎呀，别丢人了。"暖暖笑着说，"像条狗似的。"

"好像不太辣耶。"我说。

"我特地叫他们别放太辣。"暖暖说。

"谢谢。"

暖暖微微一笑，"你晚上吃得少，待会多吃点。"

我跟暖暖说了偷溜出去吃面的事，顺便说要汤匙结果闹笑话的过程。

暖暖笑得合不拢嘴，好不容易把嘴巴合拢后，说："既然吃过了，咱们就吃点小吃。"

说完便带我去吃驴打滚、艾窝窝、豌豆黄之类的北京风味小吃。

依台湾的说法，这些都可归类为甜点。

我们尽可能吃少量多种，如果吃不完便会递给身旁的同学，然后说："给你一个，算是结缘。"

逛了一个多小时，大伙便回学校。

我吃得好撑，便躺着休息；学弟、徐驰和高亮在看今天的相片档。

"老蔡，你的芭乐。"徐驰说。

我从床上一跃而下（我还在上铺哦），挤进他们，说："在哪儿?"

徐驰将数码相机的显示画面凑到我眼前，我可以清楚看见暖暖的笑容。

我凝视暖暖几秒后，徐驰按了下一张，我立刻按上一张，再凝视几秒。

"老蔡，你回台湾后，我会把这些相片给你发过去。"徐驰说。

"驰哥。"我很高兴，一把抱住他，"我可以叫你驰哥吗？"

这晚我们四人的精神都很好，侃大山侃到很晚。

学弟偶尔侃到一半便跑出去上厕所，高亮问："没事吧？"

"我的屁股变成梵谷的模特儿了。"学弟说。

徐驰和高亮弄了半天才搞清楚梵谷就是梵高，只是翻译名称的差别而已。

我思考了很久才想起梵谷最爱画的花是向日葵。

翻下床想掐住学弟的脖子让他为乱说话付出代价，但他嘴巴张开，脸呈痴呆，似乎已进入梦乡。

只得再翻上床，闭上眼睛，让暖暖的笑容伴我入眠。

3

早上漱洗完、用过早饭后，先在教室听课。

有个对长城很有研究的学者，要来跟我们讲述长城的种种。

他还拿出一块巴掌大的长城小碎砖，要同学们试试它的硬度。

"可用你身上任何部位，弄碎了有赏。"他笑说。

这小碎砖传到我手上时，我跟学弟说："来，头借我。"

"你要猪头干吗？"学弟回答。

我不想理他。

双手握紧碎砖，使尽吃奶力气，幻想自己是《七龙珠》里的悟空，口中还啊啊啊啊啊叫着，准备变身成超级赛亚人。

"碎了。"我说。

"真碎了？"暖暖很惊讶。

"我的手指头碎了。"

这次轮到暖暖不想理我。

十点左右上完课，老师们意味深长地让大家准备一下，要去爬长城了。

记得昨晚老师千叮咛万嘱咐要穿好走的鞋，女同学别发浪穿啥高跟鞋，带瓶水，别把垃圾留在长城，谁敢在长城砖上签名谁就死定了，等等。

"还要准备什么？"我很好奇问暖暖，"难道要打领带？"

"我估计是要大家做好心理准备，免得乐晕了。"暖暖说。

我想想也有道理。

当初会参加这次夏令营活动，有一大半是冲着长城的面子。

要爬的是八达岭长城，距离北京只约七十公里，有高速公路可以直达。

万一古代的骑兵越过八达岭长城，要不了多久不就可以兵临北京城下？

正在为北京捏把冷汗时，忽然车内一阵骚动。

我转头望向窗外，被眼前的景物震慑住了。

"这……"我有点结巴。

"这是居庸关。"暖暖说。

居庸关两侧高山如刀剑般耸立，中为峡谷，居庸关关城即位于峡谷正中。

地势险峻，扼北京咽喉，难怪《吕氏春秋》提到：天下九塞，居庸其一。

居庸关不仅雄伟，而且风景宜人，两侧山峦叠翠，湛绿溪水中流。

很难想象军事要塞兼具壮观与秀丽。

"看来北京可以喘口气了。"我说。

"你说啥？"暖暖问。

"越过八达岭长城的骑兵看到居庸关，一定会下马欣赏这美景。"我说，"感慨美景之际，也许顿悟，觉得人生苦短，打打杀杀太无聊，于是拨转马头又回去也说不定。"

暖暖睁大眼睛看着我，没有说话。

"别担心。"我对着暖暖笑了笑，"北京安全了。"

"早叫你做好心理准备了。"暖暖瞪我一眼，"现在却一个劲儿瞎说。"

过了居庸关，没多久便到八达岭长城。看了看表，还不到十一点半。

老师们说先简单吃碗炸酱面填填肚子，吃饱了好上路（"吃饱了好上路"这句话听起来很怪，要被砍头的犯人最后都会听到这句）。

吃炸酱面时高亮打开话匣子。他说小时候母亲常常煮一大锅炸酱，只要舀几勺炸酱到面条里，搅拌一下，稀里呼噜就一碗，一餐就解决了。

"平时就这么吃。"他说。

我突然想到从下飞机到现在，一粒白米也没看到，更别说白米饭了。

地理课本上说：南人食米、北人食麦，古人诚不我欺也。

搭上通往南四楼的南索道，缆车启动瞬间，暖暖笑了。

她转过身，跪在椅子上，朝窗外望去，猛挥挥手，口中还念念有词。

"坐好。"我说。

"初次见面，总得跟长城打声招呼，说声您辛苦了。"暖暖说。

"你……"

"长城我也是第一次爬。"

"早叫你做好心理准备了。"我说，"现在却一个劲儿瞎说。"

"你才瞎说呢。"暖暖又转身坐好。

下了缆车，老师们简短交代要量力而为、不要逞强、记得在烽火台碰头。

我向远处看，长城蜿蜒于山脊之上，像一条待飞的巨龙，随时准备破空。

往左右一看，两侧城墙高度不一，形状也不同。

高亮说呈锯齿状凹凸的叫堞墙，高约一米七，刚好遮住守城者，这是抵御外敌用的，堞墙有巡逻时瞭望的垛口，垛口下有可供射箭的方形小孔；矮的一侧只约一米高，叫宇墙，就像一般的矮墙。

"宇墙做啥用的？"暖暖问。

"巡逻累了，可以坐着歇会。"我说。

"别瞎说。"暖暖说。

"人马在城上行走，万一摔下城可就糟了，这宇墙是保护用的。"高亮说，"而且宇墙每隔一段距离便有道券门，门里有石阶让士兵登城下城。"

我用尊敬的眼神看着高亮。

"来北京后，我没事就来爬长城。"他说。

我们一路往北爬，坡度陡的地段还有铁栏杆供人扶着上下坡。

顺着垛口向外看，尽是重叠的山、干枯的树、杂乱的草，构成一片荒凉。

每隔几百米就有方形城台，两层的叫敌楼，上层用来瞭望或攻击，下层让士兵休息或存放武器；一层的叫城台，四周有垛口供巡逻与攻击。

高亮说现在叫的南四、南三、北三、北四楼等，都是敌楼。

"我们要爬到八达岭长城海拔最高的北八楼。"他说。

暖暖毕竟是女孩子，体力较差，偶尔停下脚步扶着栏杆喘口气。

有时风吹得她摇摇晃晃，高亮说这里是风口，风特大。

"如果是秋冬之际，风特强、天特冷。那时爬长城特有感受。"他说。

我们现在一身轻装，顶多带瓶水，还得靠栏杆帮我们上上下下；而古代守城将士却是一身盔甲、手持兵器，顶着狂风在这跑上跑下。

每天望向关外的荒凉，除同袍外看不见半个人，该是何等孤独与寂寞？

想看到人又怕看到人，因为一旦看到人影，可能意味着战事的开端，这又是怎样的矛盾心情？

"如果……"

"如果世上的男女都能以纯真的心对待彼此，"暖暖打断我，接着说，"到那时长城就可以含笑而塌了。你是不是想这样说？"

"嘿。"我笑了笑，"你休息够了？"

"嗯。"暖暖点点头。

高亮体力好，总是拿着一台像炮似的照相机东拍西拍，不曾歇腿。

我和暖暖每到一座敌楼便坐下来歇息喝口水，四处张望。

城墙上常看见游客题上"到此一游"，台湾的风景名胜也常见"到此一游"。

看来《西游记》里的孙悟空真是害人不浅。

记得大学时去过的民雄鬼屋，那里竟然也到处被写上"到此一游"。

有的同学比较狠，签下到此一游后，还顺便写上老师的地址和联络电话。

"看你还敢不敢随便当人。"写完后，他说。

我起身看看墙上还题些什么字。

"我到长城是好汉！"

这个俗，搞不好有八千块砖上这样写。

"我要学长城坚强屹立千年！"

坚强是好事，但要有公德心。没公德心而屹立千年，就叫祸害遗千年。

"小红！我对你绵延的爱就像长城！"

被爱冲昏头所做的糊涂事，可以理解。小红帮个忙，甩了他吧。

"我的 ×× 比长城长！"

"妈的！"我不禁脱口而出。

"咳咳……"瞥见暖暖正瞧着我，脸上一红，"我失态了。"

"没事。"暖暖说,"你骂得好。"

"我还可以骂得更难听哦。"

"骂来听听。"

我张开嘴巴,始终吐不出话,最后说,"我们还是继续上路吧。"

再往上爬了一会,终于来到烽火台,这里地势既高且险,视野又开阔,如此才能达到燃放烟火示警的目的。

有二十多个学生已经坐着聊天,徐驰看见我便说:"老蔡,您的腿还是自个儿的吗?"

经他一说,我才发觉腿有些软。

四个老师到了三个,北京李老师特地压后,他到了表示全都到了。

过了十几分钟,李老师终于到了。

他喘口气,点齐了人数,清了清喉咙后,开口说:

"大家都听过'不到长城非好汉',但一定得爬长城来证明自己是好汉吗?你试试挑座险要的山,从山脚登上山顶,谁敢说你不是好汉?或者你绕着北京走上一圈,中途不歇息不叫救护车不哭爹喊娘,这不是好汉吗?爬长城的目的不只在证明自己是好汉,看看脚下,你正踏着历史的动脉。有了长城,秦国才能腾出手来灭六国、统一中原;若没长城,历史完全变了样。你常在书上读到咏叹长城和边塞将士的诗词,那是文学的美;你今天爬上一遭,对文学的美更有深刻感受,同时你也能感受历史的真。历史就是人类走过千年所留下的脚印，你现在的脚印将来也会成历史啊。看看四周，地势越险要，越彰显长城的雄伟，长城若建在平原上，那就一道墙呗。人生也一样，越是困顿波折，越能彰显你的价值，越能激励你向上，了解这层道理，你才是真好汉。"

他说完后大伙拍拍手。李老师确实说得好，但是，太感性了吧？

北京张老师站起身，也清了清喉咙说：

"我们待会一起在烽火台下合个影。合影的同时，希望同学们在心里默默祈祷：但愿烽火台永远不再燃起狼烟。"

现在是怎样？感性还会传染哦。

张老师请台湾的周老师也说些话。周老师缓缓起身，环顾四周，说：

"常听人说：这就是历史。这句话别有深意。我们都知道'这'的英文叫 this，音念起来像'历史'，因此 this is 历史的意思是……"

他抬起头，望着远方，说："这就是历史。"

他说完后，我不支倒地。

烽火台即使燃起狼烟，听你一说，大概也全灭了。

最后是台湾的吴老师。他只淡淡地说：

"同学们心里一定有很多感受，不吐不快。这样吧，今晚睡觉前，每人交五百字爬长城的心得报告给我。"

我一听便从地上弹起身，周遭一片哀号。

"我是开玩笑的。"他哈哈大笑，"待会还要爬，先给你们一点刺激。"

"没事开什么玩笑嘛。"我鼻子哼了一声。

"那你呢？"暖暖问，"你又有什么感受？"

"我……"

"你是不是又想说索道长、长城更长，连午饭吃的面条都比台湾长，总之就是一个长字？"

我笑了笑，没有回答。搞不好还真让她说中了。

大伙围在一起准备拍照时，台湾吴老师又说：

"大家把身份证拿出来摆在胸口拍照，这样才酷。"

现在是拍通缉犯的照片吗？

我偷瞄身旁暖暖手中的证件，她倒是大方转头细看我的证件。

我干脆把我的证件给她，她笑了笑，也把她的证件给我。

暖暖的证件是淡蓝色的底浮着长城的图案，还有一栏标示着"汉族"。

"继续上路。"拍完照后，北京张老师说。

才爬了不久，看到城墙的尽头是山壁，没路了。

"这里是孟姜女哭倒长城的地方吗？"

"不是。"暖暖右手朝东边指，"是在长城入海处，山海关那儿。"

"是吗?"

"山海关城东有个望夫石村,村北有座凤凰山,孟姜女庙就在那儿。庙后头有块大石,叫望夫石。石上有坑,是孟姜女登石望夫的足迹。"

"你去过?"

"我听说的。"

"你怎么常听说?"

"我耳朵好。"暖暖笑了笑。

暖暖索性坐了下来,向我招招手,我便坐在她身旁。

"孟姜女庙东南方的渤海海面上,并立着高低两块礁石,高的竖立像碑、低的躺下像坟,传说那就是孟姜女的坟墓。"

顿了顿,暖暖又说:"不管海水多大,永远不会淹没那座坟。"

暖暖说故事的语调很柔缓,会让人不想插嘴去破坏气氛。

"挺美吧?"过了一会,暖暖说。

"嗯。"我点点头。

眼角瞥见暖暖微扬起头,闭上双眼,神情和姿态都很放松。

背后传来咳咳两声,我和暖暖同时回过头,看见高亮站在我们身后。

"不好意思,打扰你们了。"他说,"其实孟姜女传说的破绽挺多的。"

"哦?"我站起身。

"其一，孟姜女跟秦始皇根本不是同一时代的人，秦始皇得连着叫孟姜女好几声姑奶奶，恐怕还不止。其二，秦始皇和其先祖们所修筑的长城，可从未到达山海关。"

高亮说得很笃定。

我相信高亮说的是史实。

但在"真"与"美"的孟姜女之间，如果她们硬要冲突打架只剩一个时，我宁可让美的孟姜女住进我心里。

毕竟我已经领悟到历史的"真"，就让我保留孟姜女的"美"吧。

听到哎哟一声，原来是暖暖想起身结果又一屁股坐地上。

"腿有些软。"暖暖笑了起来。

"我帮你。"我伸出右手。

暖暖也伸出右手跟我握着，我顺势一拉，她便站起身，拍拍裤管。

"有条便道。"高亮往旁一指，"从那儿绕过去，就可以继续爬了。"

高亮带着我和暖暖从便道走上长城。"就快到了。"他总是这么说。

看到不远处有座敌楼，心想又可以歇会了。

"终于到北七楼了。"高亮说。

"北七？"我说，"你确定这叫北七吗？"

"是啊。"高亮说，"下个楼就是终点，北八楼。"

"暖暖！"我大叫一声。

"我就在你身旁，"暖暖说，"你咋呼啥？"

"快，这是你的楼，你得在这儿单独照张相。"

暖暖和高亮似乎都一头雾水。

我不断催促着，暖暖说："他的相机挺专业的，别浪费胶片。"

"胶片这东西和青春一样，本来就是用来浪费的。"高亮笑了笑。

哦？高亮说的话也挺深奥的。

高亮举起镜头要暖暖摆姿势，暖暖见我贼溜溜的眼神，指着我说："你转过身，不许看。"

我转过身，高亮按下快门，然后说："老蔡，你也来一张？"

"不。"我摇摇头，"这个楼只能用来形容暖暖。"

向前远望，北八楼孤零零立在半空中，看似遥不可及。

好像老天伸出手抓住北八楼上天，于是通往北八楼的路便跟着往上直冲。

坡度越走越陡、城宽越走越窄，墙砖似乎也更厚重。

"这段路俗称好汉坡。"高亮说，"老蔡，加把劲。"

我快飙泪了。

大凡叫好汉坡的地方，都是摆明折磨人却不必负责的地方。

大学时爬过阿里山的好汉坡，爬到后来真的变成四条腿趴在地上爬。

我让暖暖在我前头爬，这样万一她滑下来我还可以接住。

"学长，我在你后面。"我转头看见学弟，但我连打招呼的力气也没有。

他右手拉着王克的手往上爬，左手还朝我比个 V。

"我有点恐高，所以……"王克似乎很不好意思，淡淡地说。

没想到这小子精神这么好，还可以拉着姑娘的小手，这让我很不爽。

"别放屁哦，学长。"学弟又说，"我躲不掉。"

如果不是……我没力气……骂人……王克又在……我一定骂你……猪头。

我一定累毙了，连在心里 OS 都会喘。

暖暖似乎也不行了，停下脚步喘气。

"暖暖。"我说，"告诉你一个好消息。"

"啥？"暖暖回头。

"你知道台湾话白痴怎么说？"

"咋说？"

"就是北七。"

"你……"暖暖睁大眼睛手指着我。

"要报仇上去再说。"

暖暖化悲愤为力量，一鼓作气。快到了……快到了……

终于到了。

暖暖没力气骂我，瘫坐在地上。我连坐下的力气也没了。

王克一个劲儿向学弟道谢，学弟只是傻笑。

"别放在心上。"学弟对她说，"我常常牵老婆婆的手过马路。"

混蛋，连老婆婆那充满智慧痕迹的手都不放过。

北八楼的景色更萧瑟了，人站在这里更感孤独。

我心想，驻守在这里的士兵怎么吃饭？大概不会有人送饭上来。

走下去吃饭时，一想到吃饱后还得爬这么一段上来，胃口应该不会好。

也许久而久之，就不下去吃饭了。

这太令人感伤了。

压后的北京李老师终于也上来了，"还行吗？"他笑着问。

"瘫了。"一堆同学惨叫。

"领悟到唐朝诗人高适写的'倚剑欲谁语，关河空郁纡'了吗？"他问。

"多么痛的领悟。"有个台湾学生这么回答。

"这就是历史。"台湾周老师说，"大家说是不是？"

这次没人再有力气回答了。

"精神点，各位好汉。"北京张老师拿起相机，"咱们全体在这里合个影，希望同学们在心里默念：我是爱好和平的好汉。"

拍照时台湾吴老师叫学弟躺在地上装死，再叫四个学生分别抓着他四肢，抬起学弟当作画面背景。真难为他还有心情搞笑。

我们从这里坐北索道下城，在缆车上我觉得好困。

下了索道，上了车，没多久我就睡着了。

暖暖摇醒我，睁开眼一看，大家正在下车，我也起身。

天色已暗了，我感觉朦朦胧胧，下车时脚步还有些踉跄。

"先去洗把脸，精神精神。"北京李老师说，"我看咱们今晚别出去了，就在学校的食堂里吃。"

"在池塘里吃？"我问暖暖，"我们变乌龟了吗？"

"看着我的嘴。"暖暖一字一字地说，"食——堂。"

原来是在学校的餐厅里吃，这样挺好，不用再奔波。

用冷水洗完脸后，总算有点儿精神。走进餐厅，竟然看到白米饭。

嗨，几天没见了，你依然那么白，真是令人感动。

待会如果吃少了，你别介意，这不是你的问题，是我太累。

咦？你似乎变干了，以后记得进电锅时要多喝些水哦。

"咋喃喃自语？"暖暖端着餐盘站在我面前，"还没清醒吗？"

"醒了啊。"

"你确定？"暖暖放下餐盘，坐我对面。

"我知道你叫暖暖，黑龙江人，来北京念书，喜欢充内行，耳朵很好所以常'听说'。这样算清醒了吧？"

"你还忘了一件事。"

"哪件事？"

"我想去暖暖。"

"我又困了。"

我趴在桌上装睡。趴了一会，没听见暖暖的反应。

一直趴着也不是办法，慢慢直起身，偷偷拿起碗筷。

"腿酸吗？"暖暖说。

"嗯。"我点点头，"你也是吗？"

"那当然。爬了一天长城，难不成腿还会甜吗？"

"你的幽默感挺深奥的。"

"会吗？"

"我看过一部电影，男女主角在椰子树下避雨，突然树上掉下一颗椰子，男的说：是椰子耶！女的回说：从椰子树上掉下来的当然是椰子，难道还会是芭乐吗？"我笑了笑，"你的幽默感跟女主角好像同一门派。"

"你爱看电影？"暖暖问。

"嗯。"我点点头，"什么类型都看，但文艺片很少看。"

"咋说？"

"有次看到一部文艺片，里面武松很深情地对着潘金莲说：'你在我心中，永远是青草地的小黄花。'"我咔哧乱笑，"那瞬间，我崩溃了。"

"干啥这样笑？"

"我那时就这样笑，结果周遭投射来的目光好冰。从此不太敢看文艺片，怕又听到这种经典对白。"

说完后，我又噼里啪啦一阵乱笑，不能自已。

"笑完了？"暖暖说，"嘴不酸吗？"

"唉。"我收起笑声说，"真是余悸犹存。"

我突然发觉跟暖暖在一起时，我变得健谈了。

这有两种可能：一是她会让我不由自主想说很多话；二是我容易感受到她的聆听，于是越讲越多。

以现在而言，她看来相当疲惫，却打起精神听我说些无聊的话。

"真累了。"她低头看着餐盘，"吃不完，咋办？"

"吃不完，"我说，"兜着走。"

"这句话不是这样用的。"

"在台湾就这么用。"我嘿嘿笑了两声。

我和暖暖走出食堂，走了几步，我突然停下脚步。

"啊？差点忘了。"我说。

"忘了啥？"

"我才是北七。"我指着鼻子，"在长城跟你开个玩笑，别介意。"

暖暖想了一下，终于笑出声，说："以后别用我听不懂的台湾话骂人。"

"是。"我说，"要骂你一定用普通话骂，这样你才听得懂。"

"喂。"

"开玩笑的。"

经过教室，发现大多数同学都在里面，教室充满笑声。有的聊天；有的展示今天在长城买的纪念品；有的在看数码相机的图档。

我和暖暖也加入他们。徐驰朝我说："老蔡，我偷拍了你一张。"

凑近一看，原来是我在烽火台上不支倒地的相片。

"你这次咋没比 V？"暖暖说。

"你真是见树不见林。"我说，"我的双脚大开，不就构成了V 字？"

我很得意地哈哈大笑，笑声未歇，眼角瞥见学弟和王克坐在教室角落。

我很好奇，便走过去。

王克正低头画画，学弟坐她对面，也低头看她画画。

我在两人之间插进头，三个人的头刚好形成正三角形。

那是张素描，蜿蜒于山脊的长城像条龙，游长城的人潮点缀成龙的鳞片。

"画得很棒啊。"我发出感叹。

王克抬起头，腼腆地朝我笑了笑。

"学长。"学弟也抬起头，神秘兮兮地说，"很亮。"

"OK。"我朝他点点头，"我了解。"

转身欲离去时，发现王克的眼神有些困惑。

"学弟的意思是说我是你们的电灯泡啦。"我对着王克说，"所谓的电灯泡就是……"

"学长！"学弟有些气急败坏。

王克听懂了，脸上有些尴尬，又低头作画。

我带着满足的笑容离开。

"你这人贼坏。"暖暖说。

"贼坏？"我说，"什么意思？"

"贼在东北话里面，是很、非常的意思。"

"哦。"我恍然大悟，"暖暖，你这人贼靓。这样说行吗？"

"说法没问题，"暖暖笑出声，"但形容我并不贴切。"

"既然不贴切，干吗笑那么开心？"

"凉凉！"暖暖叫了一声。

我赶紧溜到徐驰旁边假装忙碌。

大伙在教室里聊到很晚，直到老师们进来赶人。

回到寝室，一跳上床，眼皮就重了。

"老蔡，下次你来北京，我带你去爬司马台长城。"高亮说。

高亮说那是野长城，游客很少，而且多数是老外。

他又说司马台长城更为雄奇险峻，是探险家的天堂，等等。

我记不清了，因为他讲到一半我就睡着了，睡着的人是不长记性的。

<u>4</u>

隔天起床，我从上铺一跃而下，这是我从大学时代养成的习惯。

一方面可迅速清醒，以便赶得及上第一堂课；另一方面，万一降落不成功，也会有充足的理由不去上课。

但今天虽降落成功，双脚却有一股浓烈的酸意。

腿好酸啊，我几乎直不起身。

幸好刷牙洗脸和吃早饭不必用到脚，但走到教室的路程就有些漫长了。

"给。"一走进教室，暖暖便递了瓶东西给我。

我拿在手上端详，是云南白药喷剂。

"挺有效的。"她又说。

卷起裤管，在左右小腿肚各喷三下，感觉很清凉，酸痛似乎也有些缓解。

我沉思几秒后，立刻站起身跑出教室。

"你去哪儿？"暖暖的声音在身后响起，"要上课了。"

"大腿也得喷啊。"我头也不回说。

"真是。"我从厕所回来后，暖暖一看见我就说。

真是什么？难道我可以在教室里脱下裤子喷大腿吗？

听说今天上课的是个大学教授，要上汉语的语言特色。

本以为应该是个老学究，这种人通常会兼具魔术师和催眠师的身份。

也就是说，会是个让桌子有一股吸力，吸引你的脸贴住桌面的魔术师；也会是个讲话的语调仿佛叫你睡吧睡吧的催眠师。

不过这位教授虽然六十多岁了，讲话却诙谐有趣，口吻轻松而不严肃。

因为我们这群学生来自不同科系，所以他并不讲深奥的理论。

他说中文一字一音，排列组合性强，句子断法不同，意义也不同。

甚至常见顺着念也行、倒着念也可以的句子。

比方说"吃青菜的小孩不会变坏"这句，经排列组合后，可以变成："变坏的青菜小孩不会吃""变坏的小孩不会吃青菜"，各有意义。

还可变成"吃小孩的青菜不会变坏"，不过这句只能出现在恐怖电影里。

英文有时式，是因为重视时间，所以是科学式语言；中文没有时式，所以中国人不注重时间，没有时间观念。

"这是鬼扯。一个动词三种形式，那叫没事找事做。加个表示过去的时间不就得了，何苦执着分别。人生该学的事特多，别让动词给挂碍了。"

他微微一笑，"这就是佛。"

英文说 a book、a desk、a car、a tree、a man 等都只是"a"，简单；中文却有一棵、一粒、一张、一个、一本、一辆、一件等说法，很麻烦。

"那是因为中国人知道万事与万物都有独特性，所以计量单位不同，表达一种尊重。"他哈哈大笑，"这就是道啊。"

中文的生命力很强，一个字可有多种意义跟词性，特有弹性。

"哪位同学可举个例？举得有特色，我亲手写'才子'送你。"老师开玩笑说，"上网拍卖，大概还值几个钱。"

"这老师的毛笔字写得特好。"暖暖偷偷告诉我，"凉凉，试试？"

我朝暖暖摇摇头。

我是个低调的人，难道我才高八斗也要让大家都知道吗？

学弟忽然举手，我吓一大跳，心想这小子疯了。

只见老师点点头说："请。"

"床前明月光，美女来赏光；衣服脱光光，共度好时光。"学弟起身说，"这四个'光'字，意义都不同。"

"这位同学是台湾来的？"老师问。

"嗯。"学弟点点头。

"真有勇气。"老师又哈哈大笑,"英雄出少年。"

耻辱啊,真是耻辱。我抬不起头了。

"老师待会是写'才子'还是写'英雄出少年'给我?"学弟小声问我。

"你给我闭嘴。"我咬着牙说。

老师接着让台湾学生和北京学生谈谈彼此说话的差异。

有人说,台湾学生说话温文儒雅,语调高低起伏小,经常带有感叹词;北京学生说话豪气,语调高亢,起伏明显,用字也较精简。

例如台湾学生说"你真的好漂亮哦!",北京学生则说"你真漂亮"。

人家说谢谢,台湾学生说不客气;人家说对不起,台湾学生说没关系。

语调总是细而缓,拉平成线。

而不管人家说谢谢还是对不起,北京学生都说"没事"。

语尾上扬且短促,颇有豪迈之感。

"咱们做个试验来玩玩。"学生们七嘴八舌说完后,老师说。

老师假设一种情况:你要坐飞机到北京,想去逛故宫和爬长城,出门前跟妈妈说坐几点飞机、几点到北京、到北京后会打电话报平安。

大伙轮流用自然轻松的方式说完,每个细节都一样。

结果发现这段约 50 个字的叙述中，有些说法上有差异。

例如台湾学生最后说"我会打电话回家"，北京学生则说"会给家里打电话"。

"现在用手指头数数你刚刚共说了几个字。"老师说。

经过计算平均后，台湾学生说了 52.4 个字，北京学生说了 48.6 个字。

为了客观起见，老师又举了三种情况，结果也类似：

在一段约 50 个字的叙述中，台湾学生平均多用了三至四个字。

我不太服气，跟暖暖说："快到教室外面来。你怎么说？"

"快来教室外头。"暖暖说。

屈指一算，她比我少用一个字。

"这件衣服不错。"我说。

"这衣服挺好。"暖暖回答。

"这件衣服太好了。"

"这衣服特好。"

"这件衣服实在太棒了。"

"这衣服特特好。"暖暖笑着说，"我用的字还是比你少。"

"你赖皮。哪有人说特特好。"

"在北京就这么说。"暖暖嘿嘿笑了两声。

老师最后以武侠小说为例，结束今天上午的课程。

在武侠小说中，北京大侠一进客栈，便喊：拿酒来！

台湾大侠则会说：小二，给我一壶酒。

看出差别了吗？

台湾大侠通常不会忽略句子中的主词与受词，也就是"我"与"小二"；而且计量单位也很明确，到底是一壶酒还是一坛酒？必须区别。

北京大侠则简单多了，管你是小二、小三还是掌柜，拿酒来便是。

酒这东西不会因为不同的人拿而有所差异。

因为是我说话，当然拿给我，难不成叫你拿去浇花？

至于计量单位，甭管用壶、坛、罐、盅、瓶、杯、碗、脸盆或痰盂装，俺只管喝酒。

武功若练到最高境界，北京大侠会只说："酒！"

而台湾大侠若练到最高境界，大概还是会说："来壶酒。"

当然也因为这样，所以台湾大侠特别受客栈欢迎。

因为台湾大侠的指令明确，不易让人出错。

北京大侠只说拿酒，但若小二拿一大坛酒给北京大侠，你猜怎么着？

"混账东西！"北京大侠怒吼，"你想撑死人不偿命？"

这时小二嘴里肯定妈的王八羔子您老又没说拿多少，直犯嘀咕。

"造反了吗？"北京大侠咻的一声拔出腰刀。

所以武侠小说中客栈发生打斗场面的，通常在北方。

自古燕赵多慷慨悲歌之士，常为了喝酒而打架，这还能不悲吗？

"那台湾的客栈呢？"有个同学问。

"台湾客栈当然爱情故事多。"老师笑了笑，"君不见台湾客栈拿酒的，通常是小姑娘。"

老师说完后，笑得很暧昧。随即收起笑容，拍了拍手。

"不瞎扯了，咱们明早再上文字的部分。"老师说，"你们赶紧吃完饭，饭后去逛胡同。"

在学校食堂里简单用过午饭，大伙上车直达鼓楼，登楼可以俯瞰北京城。

登上鼓楼俯瞰北京旧城区和错综复杂的胡同，视野很好。

"咱们先到什刹海附近晃晃，感受一下。"下了鼓楼，北京李老师说，"待会坐三轮车逛胡同，别再用走的。"

他一说完，全场欢声雷动。

我和暖暖来到什刹海前海与后海交接处的银锭桥。

这是座单孔石拱桥。桥的长度不到十米，宽度约八米，桥下还有小船划过桥孔。

从银锭桥往后海方向走，湖畔绿树成荫，万绿丛中点缀着几处楼阁古刹。

湖平如镜，远处西山若隐若现，几艘小船悠游其中，像一幅山水画卷。

我和暖暖沿着湖畔绿荫行走，虽处盛夏，亦感清凉。

暖暖买了两瓶酸奶，给我一瓶，我们席地而坐，望着湖面。

时间流动的速度似乎变慢了，几近停止。

我喝了一口酸奶，味道不错，感觉像台湾的酸奶。

"我在这儿滑过冰。"过了一会儿，暖暖说。

"滑冰？"眼前尽是碧绿的水，我不禁纳闷，"滑冰场在哪儿？"

"冬天一到，湖面结冰，不就是个天然滑冰场？"暖暖笑了笑。

"果然是夏虫不可语冰。"我说，"对长在台湾的我而言，很难想象。"

"你会滑冰吗？"暖暖问。

"我只会吃冰，不会滑冰。"我笑了笑，"连滑冰场都没见过。"

"有机会到我老家来，我教你滑。"

"好啊。你得牵着我的手，然后说你好棒、你是天才的那种教法哦。"

"想得美。我会推你下去不理你，又在旁骂你笨，这样你很快就会了。"

"如果是这样，那我就不学了。"

"不成。你得学。"

"为什么？"

"我想看你摔。"暖暖说完后，笑个不停。

"你这人贼坏。"我说。

"这形容就贴切了。"暖暖还是笑着。

我们又起身随兴漫步，在这里散步真的很舒服。

"我待在北京五个冬天了，每年冬天都会到这儿滑冰。"暖暖开了口。

"你大学毕业了？"我问。

"嗯。"暖暖点点头，"要升研二了，明年这时候就开始工作了。"

"在北京工作，还是回老家？"

"应该还是留在北京工作。"暖暖仿佛叹了口气，说，"离家的时间越久，家的距离就更远了。"

"如果你在北京工作，我就来北京找你。"我说。

"你说真格的吗？"暖暖眼睛一亮。

"嗯。"我点点头。

"这太好了，北京还有很多好玩的东西呢，得让你瞧瞧。"暖暖很兴奋，"最好我们还可以再去吃些川菜渝菜之类的，把你辣晕，那肯定好玩。"

"如果是那样，我马上逃回台湾。"

"不成，我偏不让你走。"

暖暖笑得很开心，刚刚从她眼前飘过的一丝乡愁，瞬间消失无踪。

我心里则想着下次在北京重逢，不知道会是什么样，也不知道是什么时候。

而那时候的我们，还能像现在一样单纯吗？

"嘿，如果我在老家工作，你就不来找我了吗？"暖暖突然开口。

"我不知道黑龙江是什么样的地方。"我想了一下，接着说，"也许要翻过好几座雪山、跨过好几条冰封的大江，搞不好走了半个多月才看到一个人，而且那人还不会讲普通话。重点是我不会打猎，不知道该如何填饱肚子。"

"瞧你把黑龙江想成什么样。"暖暖说，"黑龙江也挺进步的。"

看来我对黑龙江的印象，恐怕停留在清末，搞不好还更早。

"如果黑龙江真是你形容的这样，那你还来吗？"

暖暖停下脚步，转身面对着我。

"暖暖。"我也停下脚步。

"嗯？"

"我会耶。"我笑了笑。

暖暖也笑了，笑容很灿烂，像冬天的太阳，明亮而温暖。

我天真地相信，为了看一眼暖暖灿烂的笑容，西伯利亚我也会去。

"不过你得先教我打猎。"我说。

"才不呢。"暖暖说，"最好让黑熊咬死你。"

"碰到黑熊就装死啊，反正装死我很在行。"

"还有东北虎呢。"

"嗯……"我说，"我还是不去好了。"

"不成，你刚答应要来的。"

"随便说说不犯法吧。"

"喂。"

"好。我去。"我说，"万一碰到东北虎，就跟它晓以大义。"

"东北虎可听不懂人话。"

"为了见你一面，我千里迢迢、跋山涉水，应该会感动老天。老天都深受感动了，更何况东北虎。也许它还会含着感动的泪水帮我指引方向。"

"那是因为它饿慌了，突然看见大餐送上门，才会感动得流泪。"

暖暖边说边笑，我觉得有趣，也跟着笑。

我和暖暖一路说说笑笑，又走回银锭桥。

李老师已经找好二十多辆人力三轮车，每两个学生一辆。

他让学生们先上车，然后一辆一辆交代事情，不知道说些什么。

他来到我和暖暖坐的三轮车旁，先称呼三轮车夫为"板儿爷儿"，然后交代：终点是恭王府，沿路上如果我们喜欢可随时下车走走，但别太久。

"慢慢逛，放松心情溜达溜达。"李老师对我们微微一笑。

三轮车刚启动，暖暖便说她来北京这么久，坐三轮车逛胡同还是头一遭。

"跟大姑娘坐花轿一样。"我说。

"啥？"

"都叫头一遭。"

"你挺无聊的。"暖暖瞪了我一眼。

"爷，听您的口音，您是南方人？"板儿爷突然开口。

"请叫我小兄弟就好。"听他叫爷，我实在受不起，"我是台湾来的。"

"难怪。"板儿爷说，"你们台湾来的特有礼貌，人都挺好。"

我腼腆笑了笑，然后转头跟暖暖说："嘿，人家说我很有礼貌耶。"

"那是客套。"暖暖淡淡地说。

"小姑娘，俺从不客套。"板儿爷笑了笑。

"听见没？小姑娘。"我很得意。

没想到我是爷，暖暖只是小姑娘，一下子差了两个辈分，这让我很得意。

"爷，我瞅您挺乐的。"板儿爷说。

"因为今天的天气实在太好了！"我意犹未尽，不禁伸直双臂高喊，"实在太好了！"

"幼稚。"暖暖说。

"小姑娘，您说啥？"我说。

暖暖转过头不理我，但没多久便笑了出来。

"真幼稚。"暖暖把头转回来，又说。

几百米外摩天大楼林立，街上车声鼎沸、霓虹闪烁；但一拐进胡同，却似回到几百年前，见到北京居民的淳朴生活。

四合院前闭目休息的老太太，大杂院里拉胡琴的老先生，这些人并没有被时代的洪流推着走。

从大街走进胡同，仿佛穿过时光隧道，看到两个不同的时代。

这里没有车声，有的只是小贩抑扬顿挫的吆喝叫卖声。

青灰色的墙和屋瓦、朱红斑驳的大门、掉了漆的金色门环、深陷的门墩，胡同里到处古意盎然。

我和暖暖下车走进一大杂院，院里的居民很亲切地跟我们聊几句。

梁上褪了色的彩绘、地上缺了角的青砖，都让我们看得津津有味。

板儿爷跟我们说起胡同的种种，他说还有不到半米宽的胡同。

"胖一点的人，还挤不进去呢。"他笑着说。

"如果两人在胡同中相遇，怎么办？"我转头问暖暖。

"用轻功呗。"暖暖笑说，"咻的一声，就越过去了。"

"万一两人都会轻功呢？"我说，"那不就咻咻两声再加个砰。"

"砰？"

"两人都啾一声，共啾啾两声；然后在半空中相撞，又砰一声。"

暖暖脸上一副又好气又好笑的神情；板儿爷则放声大笑，洪亮的笑声萦绕在胡同间。

说说笑笑之际，我被路旁炸东西的香味吸引，暖暖也专注地看着。

"你想吃吗？"我问暖暖。

暖暖有些不好意思，点了点头。

我让板儿爷停下车，走近一看，油锅旁有一大块已搅拌揉匀的面团。

问起这东西，大婶说是炸奶糕，然后捏下一小块面团，用手摁成圆饼，下油锅后当饼膨胀如球状并呈金黄色时捞出，再滚上白糖。

我买了一些回车上，跟暖暖分着吃。

炸奶糕外脆里嫩，柔而细滑，咬了一口，散发着浓郁奶香。

板儿爷维持规律的节奏踩着车，偶尔嘴里哼唱小曲。

我和暖暖边吃边聊，边聊边看。

在这样的角落，很难察觉时间的流逝，心情容易沉淀。

"恭王府到了。"板儿爷停下车。

李老师在恭王府前清点人数，发现还少两个人。

过了一会，一辆三轮车载着学弟和王克，板儿爷以最快的速度踩过来。

我走过去敲了一下学弟的头，他苦着脸说他并非忘了时间，只是迷了路。

原来他和王克下车走进胡同闲逛时，越走越远、越远越杂、越杂越乱，结果让穿梭复杂的胡同给困住。王克还急哭了。

幸好后来有个好心的老先生带领他们走出来。

恭王府虽因咸丰将其赐予恭亲王奕䜣而得名，但真正让它声名大噪的，是因为它曾是乾隆宠臣和珅的宅邸。

"王府文化是官廷文化的延伸，恭王府又是现今保存最完整的一座王府。因此有'一座恭王府，半部清代史'之称。"李老师笑着说，"同学们，慢慢逛。有兴趣听点故事的，待会跟着我。"

一听李老师这样说，所有学生都跟在他屁股后头。

一路走来，幽静秀雅、春色盎然，府外明明温度高，里头却清凉无比。李老师说起各建筑的种种，像花园门口的欧式建筑拱门，当时北京只有三座；全用木头建的大戏楼，一个铆钉都没用，多年来没漏过雨，戏台下淘空且放置几口大缸，增大共鸣空间并达到扩音的作用，因此不需音响设备；屋檐上满是佛教的"卍"和蝙蝠图案（卍蝠的谐音，即为万福），连外观形状都像蝙蝠展开双翼的蝠厅；和珅与文人雅士饮酒的流杯亭，亭子下有弯弯曲曲的窄沟，杯子在水面漂，停在谁面前谁就得作诗，不作诗便罚酒；假山上的邀月台，取李白诗中"举杯邀明月，对影成三人"的意境；通往邀月台两条坡度很陡的斜坡走廊叫"升官路"，和珅常走升官路，于是步步高升。最后走到秘云洞口，李老师说："接下来是福字碑。仔细瞧那福字，试试能看出几个字。"

同学们一个接一个走进洞，在我前头的暖暖突然躲到我后面，说："你先走。"

"为什么？"我说。

"里头暗，我怕摔。"暖暖笑说。

"我也怕啊。"

"别啰唆了。"暖暖轻轻推了推我，"快走便是。"

秘云洞在假山下，虽有些灯光，但还是昏暗。

洞内最亮的地方就是那块福字碑，因为下头打了黄色的灯光。

我靠近一看，碑用一块玻璃保护住，很多人摸不到碑就摸玻璃解解馋。

记得玻璃好像可以指臀部，所以我没摸玻璃只凝视福字一会儿，便走出来。

"你看出几个字？"我问暖暖。

"我慧根浅，就一福字。"暖暖问，"你呢？"

"嘿嘿。"

"你少装神秘，你也只看出福而已。"暖暖说。

"被你猜中了。"我笑了笑。

李老师看大伙都出来了，让大家围在一起后，说："福字碑有三百多年历史，为康熙御笔亲题，上头还盖了康熙印玺。北京城内，康熙只题了三个字，另两个字是紫禁城交泰殿的'无为'匾额，但无为并未加盖康熙印玺。康熙祖母孝庄太后，在六十大寿前突然得了重病，太医束手无策，康熙便写了这个福字为祖母请福续寿。孝庄得到这福字后，病果真好了。这块碑是大清国宝，一直在紫禁城中，乾隆时却神秘失踪，没想到竟出现在和珅的后花园里。和珅咋弄到手的，是悬案，没人知道。但嘉庆抄和珅家时，肯定会发现这失落的国宝，咋不弄走呢？"

李老师指着假山，让大家仔细看看假山的模样，接着说："传说京城有两条龙脉，一条是紫禁城的中轴线，另一条是护城河。恭王府的位置就是两条龙脉交接处，因此动碑可能会动龙脉。再看这假山，你们看出龙的形状了吗？假山上有两口缸，有管子把水引进缸内，但缸是漏的。水从缸底漏到假山，山石长年湿润便长满青苔，龙成了青龙，青龙即是清龙。福字碑位于山底洞中，碑高虽只一米多，长却近八米，几乎贯穿整座假山；若把碑弄走，假山便塌了，清龙也毁了。嘉庆会冒险弄断大清龙脉并毁了清龙吗？所以嘉庆憋了一肚子窝囊气，用乱石封住秘云洞口。1962年重修恭王府时，考古人员才意外在洞内发现这失踪已久的福字碑。"

"到故宫要沾沾王气，到长城要沾沾霸气，到恭王府就一定要沾沾福气。希望同学们都能沾满一身福气。"李老师笑说，"至于这福字里包含了多少字，回去慢慢琢磨。现在自个儿逛去，半个钟后，大门口集合。"

大伙各自散开，我和暖暖往宁静偏僻的地方走，来到垂花门内的牡丹院。

院子正中有个小池，我们便在水池边的石头上坐着歇息。

"我们都只看出一个福字，这样能沾上福吗？"暖暖说。

"嗯……"我想了一下，"不知道耶。"

而且我连玻璃都没摸，搞不好那块玻璃已吸取了福字碑的福气。

"暖暖。"我抬起左脸靠近她，"来吧，我不介意。"

"啥？"

"想必你刚刚一定摸过那块玻璃，就用你的手摸摸我的脸吧。"

"你想得美。"暖暖说，"况且玻璃我也没摸上。"

"学长。"学弟走过来，说，"让我来为你效劳吧。"

学弟说完便嘟起嘴，凑过来。

"干吗？"我推开他。

"我在洞里滑了一跤，嘴巴刚好碰到玻璃。让我把这福气过给你吧。"

他又嘟起嘴凑过来。

"找死啊。"我转过他身，踹了他屁股一脚。

学弟哈哈大笑，边笑边跑到王克身边。

"多多少少还是会沾上点福气。"暖暖说。

"其实……"

暖暖打断我，说："你可别说些奇怪的话，把沾上的福气给吓跑了。"

"哦。"我闭上嘴。

暖暖见我不再说话，便说："有话就说呗。"

"我怕讲出奇怪的话。"

"如果真是奇怪的话，我也认了。"暖暖笑了笑。

"我刚刚是想说，其实到不到恭王府无所谓，因为来北京这趟能认识你，就是很大的福气了。"

暖暖脸上带着腼腆的微笑，慢慢地，慢慢地将视线转到池子。

我见她不说话，也不再开口，视线也慢慢转到池子。

"池里头有小鱼。"过了许久，暖暖终于开口。

池子里有五六条三厘米左右长的小鱼正在岸边游动，暖暖将右手伸进池子，跟在鱼后头游动。

我右手也伸进池子，有时跟在鱼后头，有时跑到前头拦截。

"哎呀，你别这样，会吓着鱼的。"暖暖笑着说。

"那你吓着了吗？"我问。

暖暖没答话，轻轻点了点头。

"嗯……这个……"我有些局促不安,"我只是说些感受,你别介意。"

"没事。"暖暖说。

我和暖暖的右手依然泡在水里且静止不动,好像空气中有种纯粹的气氛,只要轻轻搅动水面或是收回右手便会打乱这种纯粹。

"咋今天的嘴特甜?"暖暖说,"你老实说,是不是因为吃了炸奶糕?"

"也许吧。"我说。

"吃了炸奶糕后,我到现在还口齿留香呢。"暖暖笑了笑。

"我也是。"我说,"不过即使我吃了一大盘臭豆腐,嘴变臭了,还是会这么说。因为这话是从心里出来的,不是从嘴里。"

然后又是一阵沉默。

我看了看表,决定打破沉默,说:"暖暖,时间差不多了。"

"嗯。"暖暖收回右手,站起身。

我也站起身,转了转脖子,疏解一下刚刚久坐不动的僵硬。

暖暖左手正从口袋掏出面纸,我突然说:"等等。"

"嗯?"暖暖停止动作,看着我。

"你看,"我指着水池,"这水池像什么?"

暖暖转头端详水池,然后低叫一声:"是蝙蝠。"

"我们最终还是沾上了福气。"我笑了笑,"手就别擦干了。"

走了几步，暖暖右手手指突然朝我脸上一弹，笑着说：

"让你的脸也沾点福气。"

水珠把我的眼镜弄花了，拿下眼镜擦干再戴上后，暖暖已经跑远了。

等我走到恭王府大门看见暖暖准备要报仇时，右手也干了。

李老师带领大家到一僻静的胡同区，晚饭吃的是北京家常菜。

不算大的店被我们这群学生挤得满满的。

老板知道我们之中有一半是台湾来的，便一桌一桌问："还吃得惯吗？"

"是不是吃不惯不用给钱？"我转头问暖暖。

"小点声。"暖暖用手肘推了推我。

"是不是吃不惯……"我抬高音量。

"喂！"

暖暖急了，猛拉我衣袖，力道所及，桌上筷子掉落到地，发出清脆声响。

老板走过来，问我和暖暖："吃不惯吗？"

"挺惯、特惯、惯得很。"暖暖急忙回答。

"确实是吃不惯。"我说，"我吃不惯这么好吃的菜，总觉得不太真实，像做梦似的。"

老板先是一愣，随即哈哈大笑，拍拍我肩膀说："好样的，真是好样的。"

"你非得瞎说才吃得下饭吗？"暖暖的语气有些无奈。

"挺惯、特惯、惯得很。"我笑说，"好厉害，三惯合一，所向无敌。"

暖暖扒了一口饭，自己也觉得好笑，便忍不住笑出来。

这顿饭很丰盛，有熬白菜、炒麻豆腐、油焖虾、蒜香肘子、京酱肉丝等，每一样都是味道鲜美而且很下饭，让我一口气吃了三碗白饭。

李老师走到我们这桌，微笑说："老板刚跟我说今天烤鸭特价，来点？"

大家立刻放下筷子，拍起手来。拍手声一桌接着一桌响起。

看来我们这些学生果真沾上了福气。

吃完饭离开饭馆时，老板到门口跟我们说再见。

我对老板说："欢迎以后常到北京玩。"

老板又哈哈大笑，说："你这小子挺妙。"

我吃得太饱，一上车便瘫坐在椅子上。暖暖骂了声："贪吃。"

下车时还得让学弟拉一把才能站起身。

学生们好像养成了习惯，结束一天行程回学校洗个澡后，便聚在教室里。

学弟买了件印上福字的 T 恤，把它摊在桌上，大伙七嘴八舌研究这个字。

"琢磨出来了吗？"李老师走进教室说。

"还没。"大伙异口同声。

"右半部是王羲之兰亭序中'寿'字的写法。"李老师手指边描字边说，"左半部像'子'还有'才'，右上角笔画像'多'，右下角是'田'，但田未封口，暗指无边之福。"

大伙频频点头，似乎恍然大悟。

"这字包含子、才、多、田、福、寿，即多子、多才、多田、多福、多寿的意思。"李老师笑了笑，"明白了吗？"

"康熙的心机真重。"我说。

"别又瞎说。"暖暖说。

"和珅才称得上是工于心计、聪明绝顶。只可惜他求福有方、享福有道，却不懂惜福。因此虽然荣华一生且是个万福之人，最终还是落了个自尽抄家的下场。"李老师顿了顿，"福的真谛，其实是惜福。"

李老师说完后，交代大家早点休息，便走出教室。

大伙又闲聊一阵，才各自回房。

学弟回房后，立刻把福字 T 恤穿上。徐驰还过去摸了一圈。

"好舒服哦。"学弟说，"学长，你也来摸吧。"

我不想理他。

"学长，我还穿上福字内裤哦。"学弟又说，"真的不摸吗？"

"变态！"我抓起枕头往他头上敲了几下。

学弟哈哈大笑，徐驰和高亮也笑了。

我躺在床上，仔细思考李老师所说：福的真谛，其实是惜福。

如果说认识暖暖真的是我的福气，那又该如何惜福呢？

5

一早醒来，走到盥洗室时还迷迷糊糊。

碰见学弟，他说："学长，哈你个卵。"

我瞬间清醒，掐住他脖子，说："一大早就讨打。"

"是徐驰教我的。"学弟在"断气"前说。

徐驰说这是他们家乡话，问候打招呼用的。

也不知道真的假的，但看徐驰的模样又不像开玩笑。

如果对女生讲这句会被告性骚扰；碰上男生讲这句，大概会被痛殴一顿。

但总比那男生真脱下裤子请你打招呼要好。

在食堂门口，李老师跟张老师商量一会后，说：

"咱们今天到外面喝豆汁儿去，感受一下老北京的饮食文化。"

我问暖暖："豆汁儿就是豆浆吗？"

"当然不是。"暖暖说，"豆浆是黄豆做的，豆汁儿则是绿豆。豆汁儿就只有北京有，别的地方是喝不到的。"

"好喝吗？"我又问。

"准保让你印象深刻。"暖暖的表情透着古怪。

我觉得奇怪，问了徐驰："豆汁儿好喝吗？"

"会让你毕生难忘。"徐驰脸上的神情也很古怪。

我想高亮是个老实人，讲话会比较直，便又问高亮："豆汁儿好喝吗？"

"嗯……"高亮沉吟一会儿，"我第一次喝了后，三月不知肉味。"

印象深刻、毕生难忘、三月不知肉味，怎么都是这种形容词。

回答好不好喝那么难吗？

如果你问：那女孩长得如何？

人家回答：很漂亮，保证让你毕生难忘。

你当然会很清楚地知道，你将碰到一个绝世美女。

但如果人家只回答：保证让你印象深刻、毕生难忘、三月不知肉味。

你怎么晓得那女孩漂不漂亮？碰到恐龙也是会印象深刻到毕生难忘，于是三个月吃不下饭啊。

一走进豆汁儿店里，马上闻到一股酸溜溜的呛鼻味道，让人不太舒服。

浓稠的豆汁儿端上来了，颜色灰里透绿；另外还有一盘咸菜丝、一盘焦圈。

细长的咸菜丝洒上芝麻、辣椒油，焦圈则炸得金黄酥透。

"这得趁热喝。"暖暖告诉我，眼神似笑非笑。

我战战兢兢端起碗，嘴唇小心翼翼贴住碗边，缓缓地啜了一小口。

"哇！"

我惨叫一声，豆汁儿不仅酸而且还带着馊腐的怪味，令人作呕。

我挤眉弄眼、掐鼻抓耳、龇牙咧嘴，五官全用上了，还是甩不掉那股怪味。

暖暖笑了，边笑边说："快吃点咸菜丝压压口。"

我赶紧夹了一筷子咸菜丝送入口中，胡乱嚼了几口，果然有效。

"豆汁儿的味道好怪。"我说。

"那是幻觉。"暖暖说，"再试试？"

我又端起碗，深呼吸一次，重新武装了下心理，憋了气再喝一口。

这哪是幻觉？这是真实的怪味啊。豆汁儿滑进喉咙时，我还差点噎着。

气顺了后，放下碗，眼神空洞，望着暖暖。

"要喝这豆汁儿，需佐以咸菜丝和焦圈，三样不能少一样。"暖暖说，"豆汁儿的酸、咸菜丝的咸与辣、焦圈的脆，在酸、咸、辣、脆的夹击中，口齿之间会缓缓透出一股绵延的香。"

暖暖一口豆汁、一口咸菜丝、一口焦圈，吃得津津有味，眉开眼笑。

我越看越奇，简直不可思议。

"意犹未尽呀。"暖暖说。

"请受小弟一拜。"我说。

隔壁桌的学弟突然跑过来，蹲下身拉住我衣角，说："学长，我不行了，快送我到医院。"

"你怎么了？"

"我把整碗豆汁儿都喝光了。"学弟说完便闭上双眼。

"振作点！"我啪啪打了他两耳光。

学弟睁开双眼，站起身抚着脸颊，又回到他座位上。

"刚刚的耳光，你好像真打？"暖暖说。

"是啊。"我忍不住哧哧笑了起来，"我学弟爱玩，我也乐得配合演出。对了，刚说到哪儿了？"

"你说你想拜我。"

我立刻起身离开座位，单膝跪地、双手抱拳，曰："姑娘真神人也。"

暖暖笑着拉我起身，说："其实我第一次喝豆汁儿时，也忍受不了这怪味。后来连续喝了大半个月，习惯后才喝出门道，甚至上了瘾。"

"真是风情的哥哥啊。"我说。

"啥？"暖暖问。

"不解。"

"呀？"

"因为有句话叫不解风情，所以风情的哥哥，就叫不解。"

"你喝豆汁儿喝傻了？"暖暖说，"我完全听不懂你说的。"

"我的意思是，我很不解。"我说，"想请教您一件事。"

"说呗。"

"你第一次喝豆汁儿时，反应跟我差不多？"

"嗯。"暖暖点点头，"可以这么说。"

"后来你连续喝了半个多月才习惯，而且还上了瘾？"

"是呀。"暖暖笑了笑，"那时只要打听到豆汁儿老店，再远我都去。"

"既然你第一次喝豆汁儿时就觉得根本不能接受，"我歪着头想了半天，"又怎么会再连续喝半个多月呢？"

暖暖睁大眼睛，没有答话，陷入一种沉思状态。

"这还真是百思的弟弟。"过了许久，暖暖才开口。

"嗯？"我说。

"也叫不解。"暖暖笑说，"因为百思不解。"

"你怎么也这样说话？"

"这下你总该知道听你说话的人有多痛苦了。"

"辛苦你了。"我说。

"哪儿的话。"暖暖笑了笑。

"喝豆汁儿的文化，据说已有千年。所以味道再怪，我也要坚持下去。"暖暖似乎找到了喝豆汁儿的理由，"总之，就是一股傻劲。"

"你实在太强了。"我啧啧赞叹着。

"凉凉。"暖暖指着我面前的碗，"还试吗？"

我伸出手端起碗，却始终没勇气送到嘴边，叹口气，又放下碗。

暖暖笑了笑，端起我的碗。我急忙说："我喝过了。"

"没事。"暖暖说，"做豆汁儿很辛苦的，别浪费。"

徐驰走过来，看到我面前的空碗，惊讶地说："老蔡，你喝光了？"

"嘿嘿。"我说。

"没事吧？"徐驰看看我的眼，摸摸我的手，摇摇我身子。

"嘿嘿嘿。"我又说。

"真想不到。"徐驰说，"来！咱哥儿们再喝一碗！"

"驰哥！"我急忙拉住他，"是暖暖帮我喝光的。"

徐驰哈哈大笑，暖暖也笑了，我笑得很尴尬。

我观察一下所有学生的反应，台湾学生全都是惊魂未定的神情；北京学生的反应则很多元，有像暖暖、徐驰那样超爱喝豆汁儿的人，也有像高亮那样勉强可以接受的人，当然更有避之唯恐不及的人。

李老师担心大家喝不惯豆汁儿以至于饿了肚子，还叫了些糖火烧、麒麟酥、密三刀、咸油酥之类的点心小吃。

回学校的路上，暖暖感慨地说："不知道啥原因，豆汁儿店越来越少了。"

"我知道豆汁儿店越来越少的原因。"我说。

"原因是啥？"暖暖说。

"现在早点的选择那么多，虽然豆汁儿别具风味，但有哪个年轻人愿意忍受喝馊水一段时间，直到馊水变琼浆玉液呢？谁能忍受这段过程呢？"

"凉凉。"暖暖意味深长地说，"你这话挺有哲理的。"

"是吗？"

"嗯。"暖暖点点头，笑着说，"真难得哟。"

"如果世上的男女都能以纯真的心对待彼此，"我看着远方，说，"到那时豆汁儿就可以含笑而香了。"

"含笑而香？"

"如果人人都能纯真，豆汁儿便不必以酸、馊、腐来伪装自己和试炼别人，直接用它本质的香面对人们就可以了啊。"

"你讲的话跟豆汁儿一样，"暖暖说，"得听久了才会习惯。"

"习惯后会上瘾吗？"

"不会上瘾。"暖暖笑了笑，"会麻痹。"

走进教室上课前，好多同学拼命漱口想冲淡口齿之间豆汁儿的怪味。

我猜那怪味很难冲淡，因为已深植脑海且遍布全身。

果然老师一走进教室，便问："咋有股酸味？你们刚去喝豆汁儿了吗？"

老师自顾自地说起豆汁儿的种种，神情像是想起初恋时的甜蜜。

"豆汁儿既营养滋味又独特，我好阵子没喝了，特怀念。"

老师，拜托别再提豆汁儿了，快上课吧。

"昨天的床前明月光同学呢？"这是老师言归正传后的第一句话。

大伙先愣了几秒，然后学弟才缓缓举起手。

"来。"老师笑了笑，拿出一卷轴，"这给你。"

学弟走上台，解掉绑住卷轴的小绳，卷轴一摊开，快有半个人高度。

上面写了两个又黑又浓又大的毛笔字：才子。旁边还有落款。

学弟一脸白痴样，频频傻笑，大伙起哄要照相。

学弟一会左手比 V、右手拿卷轴；一会换左手拿卷轴、右手比 V；一会双手各比个 V，用剩余的指头扣着卷轴。

闪光灯闪啊闪，学弟只是傻笑，口中嘿嘿笑着。

真是白痴，他大概还不知道所有镜头的焦点都只对准那幅卷轴。

老师先简略提起汉字从甲骨文、金文、篆书、隶书、楷书的演变过程，最后提到繁体字与简体字。

说完便给了我们一小本繁简字对照表，方便我们以后使用，并说："由繁入简易、由简入繁难。北京的同学要多用点心。"

老师接着讲汉字简化的历史以及简化的目的，然后是简化的原则和方法。

我算是看得懂简体字的台湾人，因为念研究所时读了几本简体字教科书。

刚开始看时确实不太懂，看久了也就摸出一些门道。

偶尔碰到不懂的字，但只要它跟它的兄弟连在一起，还是可以破解出来。

印象中只有"广"和"叶"，曾经困扰过我一阵子。

第一次看到广时，发觉一张桌子一只脚，上头摆了个东西，那还不塌吗？

叶也是，十个人张口，该不会是吵吧？

后来跟同学一起琢磨，还请教别人，终于知道分别是广和叶。

老师提醒我们有两种情形要特别注意：一是简化后跟已有的字重复，如後（后）、麵（面）、裏（里）、醜（丑）、隻（只）、雲（云）等。二是两个字简化后互相重复，如獲、穫简化成获；幹、乾简化成干；髮、發简化成发；鐘、鍾简化成钟；復、複简化成复等。

"如果有个老爸将他四个女儿分别叫劉雲雲、劉云云、劉雲云、劉云雲，那这四个女孩的名字简化后都叫刘云云。"老师笑了笑，"这也是简化汉字的好处，人变少了，反正中国人口太多。"

我看着黑板上写的髮和發，简化后都是发，这让我很纳闷。
"暖暖。"我转头说，"我头发白了。"
暖暖仔细打量我头发，然后说："没看见白头发呀。"
"我的意思是：头'发白'了。"
"头咋会发白？"
"头本来是黑色的，理了光头就变白了。"
"无聊。"暖暖瞪我一眼。
"而且头发白是惊吓的最高境界，比脸发白还严重。"我说。
暖暖转过头去，不想理我。

"隻"简化变"只"，如果有人说："我养的猪只会吃青菜。"
是猪也会吃青菜的意思？还是它是具有佛性的猪，于是只吃青菜？

虽然看来似乎很恐怖，但对写简体字小说的人反而是好事。
因为充满了很多双关语，必然为小说带来更高的精彩度，这是写繁体字小说者无法享受的特权。

快下课前，老师说他以前跟台湾朋友常用电子邮件通信，那时繁简字计算机编码的转换技术还不成熟，往往只能用英文沟通。

"没想到都用中文的人竟然得靠英文沟通。"老师感慨地说，"结果大家的英文都变好了，中文却变差了。"

老师说完后顿了顿，意味深长地看了全体学生一眼，然后说："希望你们以后不会出现这种遗憾。"

下了课，李老师急着催我们到食堂吃饭；到了食堂，又催我们吃快点。

"抓紧时间。"李老师说，"去天坛一定要人最少的时候去。"

"为什么要挑人最少的时候去天坛？"我问暖暖。

"别问我。"暖暖说，"我也不知道。"

"为什么现在去天坛，人最少？"我又问。

"现在是大热天，又正值中午，谁会出门乱晃？"暖暖回答。

"为什么……"

"别再问为什么了。"暖暖打断我，"再问我就收钱了。"

我掏出一块人民币放到暖暖面前，问："为什么你长得特别漂亮？"

"这题不用钱。"暖暖笑了，"因为天生丽质。"

大伙从南天门进入天坛，果然天气热又逢正午，几乎没别的游客。

进门就看到一座露天的上、中、下三层圆形石坛，李老师说这叫圜丘坛。

圜丘坛被两重矮墙围着，外面是正方形，里面是圆形，象征着天圆地方。

这里是皇帝冬至祭天的地方。

"先继续往北走，待会再折回来。"李老师说。

我们没登上圜丘坛，沿着下层石坛边缘走弧线，走到正北再转直线前进。

一出圜丘坛，便看到一座蓝色琉璃瓦单檐尖顶的殿宇。

"这是皇穹宇，是供奉皇天上帝和皇帝祖先牌位的地方。"

同学们一听，便想走近点看。李老师说等等，先往旁边走。

"太好了，这时候果然没人。"李老师在圆形围墙旁停下脚步，说，"这里是回音壁。待会两人一组，各站在圆形直径的两端，对着墙说话，声音不必大，也不用紧贴着墙。大家试试能不能听出回音。"

回音壁直径六十一点五米、高三点七米、厚零点九米，是皇穹宇的围墙。

墙身为淡灰色城砖，磨砖对缝、光滑严密，墙顶为蓝色琉璃瓦檐。

奇怪的是，现在气温超过三十摄氏度，但沿着圆墙走，却是清凉无比。

我走到定位，耳朵靠近墙，隐约听到风声，还有一些破碎的声音。

"凉凉。"

我听到了，是暖暖的声音，但声音似乎被冰过，比暖暖的原音更冷更低。

"你是人还是鬼？"我对着墙说。

暖暖笑了，笑声细细碎碎，有点像鸟叫声。

"我听到了。"暖暖的声音。

"我也听到了。"我说。

"你吃饱了吗？"暖暖的声音。

"我吃饱了。"我说。

"凉凉。"

"暖暖。"

"我不知道该说啥了。"暖暖的声音。

"我也是耶。"我说。

暖暖和我都很兴奋，兴奋过了头，反而不知道该说什么。

以前都是看着对方说话，现在对墙壁说话、从墙壁听到回答，真不习惯。

我们随便说些不着边际的话，反正话不是重点，重点只是发出声音。

我学狗叫，暖暖学猫叫；我再学被车撞到的狗，暖暖便学被狗吓到的猫。

我试着说英文，也许回音壁有灵性，搞不好不屑英文，但暖暖还是听到。

"我是才子啊，佳人在哪儿？"学弟的声音。

转头看见王克在我五步外，她瞥见我的神情，有些不好意思便走开了些。

"我要去暖暖！"暖暖的声音。

我吃了一惊，决定装死。

"听不清楚啊。"我说。

"别装样了，你明明听到了。"

"我没装样啊。"我说完就发现露底了。

果然暖暖笑了，还笑得又细又长，似乎想让我觉得不好
意思。

暖暖笑的同时，我仿佛听见心里的声音，也许那声音一直在
心里乱窜，直到此刻遇见回音壁，才清晰涌现。

"暖暖，我……"我说。

"后面听不清楚。"暖暖的声音。

"暖暖。"说完后，我把头往后仰，把声音降到最低最轻最小，
说，"我喜欢你。"

"后面还是听不清楚呀。"

"别装样了。"我说。

"我没装样呀。"暖暖似乎急了。

暖暖，我知道你没听见，但总之我说了。

这是我心里的回音。

这种回音不需要被回应，它只想传递。

李老师让大伙玩了二十分钟，才简略说出回音壁的原理。

这道理不难懂，声波在圆形的凹面内，借由连续反射而传播。

墙面坚硬又光滑，让声波的逸散减到最小，才能听到几十米外的回音。

道理说来简单，但建筑时的精确计算、建材的选择、施工的细密，才是这几百年前兴建的回音壁不可思议之处。

我这时才知道李老师为什么一定要挑人最少的时候来，因为一旦游客多，所有人七嘴八舌乱喊乱叫：丫头、老爸、妹子哟、哥哥呀、我想放屁、吃屎吧你……

你能听出什么？

别说几十米外的回音了，有人在附近高喊救命你也未必听得见。

李老师带领大伙走回皇穹宇的大殿前，当我们又想靠近大殿时，李老师笑着说道："再等等。"

李老师在皇穹宇前自北向南的甬道上跨了三大步，停在第三块石板上。

"这是三音石。大家轮流在此击掌，试试能不能听到三个回声。"他说。

大伙一个一个轮流站在第三块石板上用力击掌，每个人都击完掌后，便围在一起询问彼此听到的回音状况，然后讨论起原理。

这第三块石板刚好是回音壁的圆心，声音向四周传播，碰到回音壁反射，回到圆心聚集；然后继续前进，碰回音壁，再反射，又回到圆心。

只不过声音终究会损失，所以听到的回声会越来越弱。

在环境极度安静、击掌力道够强、耳朵内没耳屎的条件下，搞不好可以隐约听到第四个回声。

"你们好厉害。"李老师拍拍手。

"老师应该站在第三块石板上拍手，这样我们会觉得更厉害。"学弟说。

李老师笑了笑，站在三音石上用力拍手十几声，我们也都笑了。

这其实不算什么，毕竟我们这群学生当中，不管来自台湾还是北京，起码有一半念理工。

走回三层的圜丘坛，我们直接爬到最上层，坛面除中心石是圆形外，外围各圈的石头均为扇形。

"这块叫天心石。"李老师指着中心那块圆石，"据说站在那儿即使小声说话，回音也很洪亮，而且好像是从天外飞来的回音。原理你们比老师内行，说给我听听？"

这个原理跟三音石差不多，天心石正好在圆心，圆周是汉白玉石栏板。

声波向四周传播，碰到坚固圆弧形栏板后，反射回到圆心集中。

与三音石不同的是，圜丘坛面光滑、坛内无任何障碍物，且圆半径较小，因此发出声音后，回音以极快速度传回，让人几乎无法分辨回音与原音。

原音与回音叠加的结果，声音听起来便更加响亮且有共鸣感。又因为声波由四面八方反射传回，根本搞不清楚回音的方向，便会有回音是从天外飞来的错觉。

"古时候皇帝在这里祭天，只要轻喊一声，四面八方立刻传来洪亮回声，就像上天的神谕一般，加上祭礼时的庄严肃穆，气氛更显得神秘。"

李老师又说环绕天心石的扇形石是艾青石，上、中、下层各九环，越外环扇形石越多，但数目都是九的倍数。层与层间的阶梯各九级，上层石栏板七十二块、中层一百零八块、下层一百八十块，不仅都是九的倍数，而且加起来共三百六十块，刚好符合三百六十周天度数。

借由反复使用九和九的倍数以呼应"九重天"，并强调天的至高无上。

李老师要我们轮流站上天心石试试，可惜现在已出现一些游客，在人声略微嘈杂的环境中，回音效果恐怕不会太好。

还有个小女孩拉着她老爸放声大哭，我几乎脱口而出叫所有人都闭嘴，就让她坐在天心石上大哭，看看会不会哭声震天，让老天不爽打起雷来。

轮到我站上天心石时，我仰望着天，说："谢谢啦。"

可能是心理作用，我觉得声音确实变大了，隐约也听到回声。

"你说啥呀。"暖暖说。

我告诉暖暖，中学时念过一篇叫《谢天》的课文，陈之藩写的。里头有句："因为需要感谢的人太多了，就感谢天吧。"

那时感动得一塌糊涂，现在终于可以直接向老天表达感谢之意。

"我还听到回声哦。"我说，"而且不止一个。"

"真的吗？"暖暖很好奇。

"嗯。"我点点头，"我一共听到九个回声，第一个回声是：不客气。"

"……"

"第二个回声是……"

"你别说。"暖暖打断我，"因为我没问。"

"让我说嘛。"

暖暖不理我，加快脚步往前走。

我在后头自言自语，依序说出第二个到第八个回声：你辛苦了、你真是客气的人、现在很少看到像你这样知恩图报的人、北京好玩吗、还习惯吗、累不累、有没有认识新朋友。

"第九个回声最重要，因为是九。"我说，"第九个回声听起来最清晰，它说：嗯，暖暖确实是个好女孩。"

暖暖停下脚步，说："为什么第九个回声会提到我？"

"当第八个回声说有没有认识新朋友，我便在心里回答：有，她叫暖暖，她是个好女孩。"我说，"于是它便给了第九个回声。"

暖暖转过身面对着我，停了几秒后，说："瞎说了这么久，渴了吧？"

"嗯。"我点点头。

"待会买瓶酸奶喝。"暖暖笑了。

"好啊。"我也笑了。

我和暖暖并肩走着，她说："想知道刚刚我在天心石上说啥吗？"

"你在天心石上说什么？"我问。

"我想去暖暖。"暖暖说，"而且我也听到回音呢。"

"你别说。因为我没问。"我说。

"嘿嘿，我也听到九个回声。"暖暖笑了，"前面八个回声是：挺好呀、就去呗、一定要去、非去不可、不可不去、不去不行、不去我就打雷、打雷了你还是得去。"

我加快脚步跑走，暖暖立刻跟上来；我东闪西闪，暖暖还是紧跟在旁。

"第九个回声最重要，它说：这是暖暖和凉凉的约定。"暖暖对着我说。

"还好你只是瞎说。"我说。

"反正你听到了。"暖暖耸耸肩。

又来到了皇穹宇，这次终于可以靠近了。

总共三次经过皇穹宇门口都没能靠近，我们好像都成了大禹了。

殿内正北有个圆形石座，位于最高处的神龛内供奉着皇天上帝的神位。

殿内东西两厢各排列四个神位，供奉清朝前八位皇帝，分别是努尔哈赤、皇太极、顺治、康熙、雍正、乾隆、嘉庆、道光。

"我记得清朝共有十二个皇帝。"我问暖暖，"咸丰、同治、光绪、宣统的神位呢？"

"兴许他们觉得把中国搞得乌烟瘴气，便不好意思住进来了。"暖暖说。

离开皇穹宇继续朝北走，走在长长的丹陛桥上，两旁都是柏树。

李老师说天坛内有六万多株柏树，密植的柏树让天坛显得更肃穆。

丹陛桥由南向北，逐渐缓慢升高，并明显被纵向划分为左、中、右三条。

中间是神走的神道；右边是皇帝走的皇道；左边是王公大臣走的王道。

李老师话刚说完，所有同学不约而同都走到中间的神道。

"神道根本没必要建造。"我说，"既然是神，难道还会用走的吗？"

暖暖睁大眼睛，过一会笑出来，说："你这问题，还真让人答不上来。"

有同学问：这明明是条路，为何要叫桥？

李老师回答：下面有条东西向通道，与丹陛桥成立体交叉，所以叫桥。

"那条通道是给牛羊等牲畜走的，它们会走到几百米外的宰牲亭被宰杀，然后制成祭品。所以那条通道被叫作鬼门关，哪位同学想走走看？"

大伙很正常，一个想走的人也没。

终于来到天坛的代表建筑祈年殿，这是座有鎏金宝顶的三重檐圆形大殿，殿檐是深蓝色，用蓝色琉璃瓦铺砌成。蓝色和圆，都是代表天。

皇帝在这里举行仪式，祈求风调雨顺、五谷丰登。

殿高九丈九（约三十二米），全部采用木结构，以二十八根木柱支撑殿顶重量。

二十八根木柱分三圈，内圈四柱代表四季；中圈十二柱代表十二个月；外圈十二柱代表十二个时辰；中外圈相加为二十四，代表一年二十四节气；三圈相加为二十八，代表二十八星宿。

祈年殿坐落在三层圆形汉白玉石台基上，每层都有雕花的汉白玉石栏。

远远望去，深蓝色的殿檐、纯白色的汉白玉、赭色的木门和木柱，和玺彩绘的青、绿、红、金，整体建筑的色彩对比强烈却不失和谐。

我和暖暖在祈年殿门口往南远眺，丹陛桥以极小的坡降笔直向南延伸，两旁古柏翠绿苍劲，偶见几座门廊殿宇，视野似乎没有尽头。

这令人有种正从天上缓慢滑下来的错觉。

暖暖买来了酸奶，我们便开始享受一面滑行一面喝酸奶的快感。

大伙从北天门离开天坛，李老师说要让我们去前门"大石辣儿"逛逛。

"大石辣儿"离天坛不远，一下子就到了。

"'大石辣儿'是北京最古老，也曾最繁华的商业区，是北京老字号最密集的地方。经营中药的同仁堂、经营布匹的瑞蚨祥、经营帽子的马聚源、经营布鞋的内联升、经营茶叶的张一元等，都是响当当的百年老店。"

李老师说着说着已走到街口，约两层楼高的铁制镂空栅栏上头，题了三个大金字：大栅栏。

"这……"我有些激动，问暖暖，"难道这就是……"

"大石辣儿。"暖暖笑了。

"栅栏可以念成石辣吗？"

"我查过字典。"暖暖说，"不行。"

"那……"

"别问了。"暖暖说，"就跟着叫呗。"

据说明孝宗时，为防止京城内日益猖獗的盗贼，便在街巷口设立栅栏，夜间关闭，重要的栅栏夜间还有士兵看守。

由于这里商店集中，栅栏建得又大又好，因此人们就叫这里"大栅栏"。

清初有禁令："内城逼近宫阙，严禁喧哗"，因为这里刚好在警戒线外，大家便来这里找乐子，现存的庆乐园、广德楼、广和园等戏园子，当时都是夜夜笙歌的场所。

这里也成为老北京人喝茶、看戏、购物的地方，是生活中的一部分。

我和暖暖沿街闲逛，先被一座像是戏园子建筑的大观楼吸引住目光，上头还有"中国电影诞生地"的牌匾。

里头是上下两层环形建筑，有大量历史照片和画册挂在四周墙壁上。

原来这是座电影院，1905年中国第一部电影《定军山》就在这里放映。

看到陈列的旧时电影放映器材，我告诉暖暖我想起小时候看的露天电影。

那时只要有庆典，庙口空地总是拉起长长的白幕，夜间便放映电影。

我总喜欢待在放映师旁，看他慢慢卷动电影胶带。

暖暖说她小时候也特爱看露天电影。

走出大观楼，心里装满旧时回忆，仿佛自己已变回活蹦乱跳的小孩。

大栅栏是步行街，没有车辆进入，商家老字号牌匾更衬托出街景的古老。

暖暖说有些街景她似乎曾在电视的清装剧上看过。

大栅栏里都是商店，但我口袋不满，因此购买欲不高。

服务态度还算不错，有时见顾客买了东西，店员常会说："这是您——买的东西，这是您——要的发票，我把发票放在这袋子里，您——比较好拿。"

说到"您"字总是拉长尾音，挺有趣的。

当看到商品标示的价钱时，我第一反应便是换算成台币，价钱果然便宜。

"人民币和台币咋换算？"暖暖问。

"大约一比四。"我说，"一块人民币可换四块台币。"

"嗯。"暖暖点头表示理解，然后指着一个标着两百块的花瓶，"所以这是五十块台币？"

"是八百块台币啦！"我瞪大眼睛不敢置信。

暖暖吐了吐舌头，说："我算术一向不好。"

"这哪叫不好？"我说，"这叫很糟。"

我从皮夹里掏出一张自从来北京后就没有出来晒太阳的百元

台币，说："跟你换一百块人民币。"

"你想得美！"暖暖说。

"还好。"我笑了笑，"你算术还不到无可救药的地步。"

暖暖似乎对我手中的红色钞票感到好奇，我便递给她。

"这是孙中山嘛。"暖暖看了看后，说。

"你也认得啊。"我说，"好厉害。"

"谁不认得！"暖暖白了我一眼。

我们走进瑞蚨祥，里面陈列着各式各样绸缎布匹，令人眼花缭乱。

还有个制衣柜台，客人挑选好布料，裁缝师傅便可以为他量身定做衣服。

旗袍也可定制，量完身选好布料，快一点的话隔天就可以交货；如果是外地的观光客，店家还会帮你把做好的旗袍送到饭店。

离开瑞蚨祥，走进内联升，看见"中国布鞋第一家"的匾额。

"暖暖，你的脚借我试试。"我说。

"想给爱人买鞋？"

"我没爱人。"我说。

暖暖笑了笑，弯下身解鞋带。

"不过女朋友倒有好几个，得买好几双。"我又说。

暖暖手一停，然后把鞋带系上，站起身。

"开玩笑的。"我赶紧笑了笑，"我想买鞋给我妈。"

暖暖瞪我一眼，又弯身解鞋带。

"你知道你妈脚的尺寸吗？"暖暖问。

"大概知道。"

"当真？"

"小时候常挨打，我总是跪在地上抱着我妈小腿哭喊：妈，我错了！"我笑着说，"看得久了，她脚的尺寸便深印在脑海里。"

"净瞎说。"暖暖也笑了。

暖暖帮我挑了双手工纳底的布鞋，黑色鞋面上绣着几朵红色小花。

这是特价品，卖八十八块人民币。

走出内联升，暖暖说她要去买个东西，十分钟后回来碰头，说完就跑掉。

等不到五分钟，我便觉得无聊，买了根棒棒糖，蹲在墙角画圈圈。

"买好了。"暖暖又跑回来，问，"你在做啥？"

"我在扮演被妈妈遗弃的小孩。"我站起身。

"真丢人。"暖暖说。

"你买了什么？"我问。

"过几天你就知道了。"暖暖卖了个关子。

大栅栏步行街从东到西不到三百米，但我和暖暖还是逛到两腿发酸。

刚好同仁堂前有可供坐的地方，我们便坐下歇歇腿。

"这里真好，可以让人坐着。"我说，"如果天气热逛到中暑，就直接进里头看医生抓药。"

"是呀。"暖暖擦擦汗，递了瓶酸奶给我。

我发觉夏天的北京好像缺少不了冰凉的酸奶。

"常在报上看见大栅栏的新闻，今天倒是第一次来逛。"暖暖说。

"都是些什么样的新闻？"我问。

"大概都是关于百年老店的介绍，偶尔会有拆除改建的消息。"

"真会拆吗？"

"应该会改建。但改建后京味儿还在不在，就不得而知了。"暖暖说，"这年头，纯粹的东西总是死得太快。"

暖暖看了看夕阳，过一会又说："夕阳下女孩在大栅栏里喝酸奶的背影，兴许以后再也见不着了。"

"但你的精神却永远长存。"我说。

"说啥呀。"暖暖笑出声。

时间差不多了，大伙慢慢往东边前门大街口聚集。

我看见对面"全聚德"的招牌，兴奋地对暖暖说："是全聚德耶！"

"想吃烤鸭吗？"暖暖说。

"嗯。"我点点头，"今天好像有免费招待。"

"是吗？"暖暖吓了一跳，"咋可能呢？"

"我刚看到店门口摆了些板凳，应该是免费招待客人吃烤鸭。"

"你……"暖暖接不上话，索性转过身不理我。

我双眼还是紧盯着对面的全聚德烤鸭店。

"凉凉。"暖暖说，"想吃的话，下次你来北京我请你吃。"

"这是风中的承诺吗？"

"嗯？"

"风起时不能下承诺，这样承诺会随风而逝的。"

"我才不像你呢。"暖暖说，"我说要去暖暖，你连像样的承诺也没。"

"车来了。"我说。

"又耍赖。"暖暖轻轻哼了一声。

回到学校吃完饭，大伙又聚在教室里展示今天的战利品。

今天的战利品特别丰富，看来很多同学的荷包都在大栅栏里大失血。

徐驰让我看他在大栅栏拍的照片，有一张是我和暖暖并肩喝酸奶的背影。

想起暖暖那时说的话："这年头，纯粹的东西总是死得太快。"

不知道下次来北京时（如果还有下次的话），哪些纯粹会先死去？又有哪些纯粹依然很纯粹呢？

躺在床上闭上眼睛，隐约听到一些声音。

大概是受天坛回音壁的影响，暖暖的笑声一直在心里反射。

6

"今天换换口味，咱们到北京大学上课。"李老师说。

我们之中的北京学生都不是北大的，去北大上课对他们而言是新鲜的；而对台湾学生来说，多少带点朝圣的意味前去。

我们从西门进入北大。

没想到这个校门竟是古典的宫门建筑，三个朱红色的大门非常抢眼。

若不是中间悬挂着"北京大学"的匾额，我还以为是王府或者官殿呢。

两尊雕刻精细的石狮威严地蹲坐在校门左右，目光炯炯有神，不怒自威。

"这是圆明园的石狮。"李老师说。

校门口人潮川流不息，却没人留意这两尊历经百年沧桑的石狮子。

从西门走进北大，最先映入眼帘的，是两座耸立在草地上的华表。

在翠绿草地的烘托下，顶着阳光的华表显得格外洁白庄严。

我想起在紫禁城看到的华表，心里起了疑问：校园中怎会安置华表？

"这对华表也是来自圆明园。"李老师说。

又是圆明园？

一路往东走，见到许多明清建筑风格的楼房，很典雅，周围都是绿化带。

暖暖告诉我，李老师是北大毕业生，而圆明园遗址就在北大隔壁。

李老师说北大最有名的就是"一塔湖图"，像一塌糊涂的谐音。

所谓一塔湖图，指的就是博雅塔、未名湖、北大图书馆。

穿过一带树木茂密的丘陵，便看到未名湖，博雅塔则矗立在东南湖畔。

我们一行人沿未名湖畔走着，博雅塔的倒影在湖中隐隐浮现，湖景极美。

湖水柔波荡漾，湖畔低垂的杨柳婀娜多姿，湖中又有小岛点缀湖光塔影。

"当初为未名湖取名时，提出很多名称，但都不令人满意。"李老师说，"最后国学大师钱穆便直接以'未名'称之，从此未名湖便传开了。"

"我以后也要当国学大师。"我说。

"哟，想奋发向上了？"暖暖笑得有些俏皮。

"嗯。"我点点头，"我特别不会取名，但当了国学大师后就不会有这种困扰了。"

暖暖不理我，径自走开。

不过万一国学大师太多，恐怕也会有困扰。

比方说两个陌生的中国人在美国相遇，谈起过去种种，把酒言欢。

第一个说他住在未名路上的未名楼，第二个很兴奋地说：真巧，我也是。

第二个说他是未名中学毕业的，学校旁边的未名河畔是他初恋的地方。

我也是耶！第一个非常激动。

两人虎目含泪数秒后便紧紧拥抱，两个炎黄子孙在夷狄之邦异地相逢，真是他乡遇故知啊！两人都嚷着今天一定要让我请客。

可是继续谈下去才发觉一个住北京，另一个住上海。

最后在北京人说上海人特现实，上海人说北京人最顽固的声音中，夕阳缓缓西沉了，而且两人都没付酒钱。

"还没说完呀。"暖暖停下脚步，回头瞪我一眼。

"剩一点点，再忍耐一下。"我说。

"快说。"

"既然无名，也就无争。"我说，"未名二字似乎提醒着所有北大学生要淡泊名利、宽厚无争。我想这才是钱穆先生的本意吧。"

"这才像句人话。"暖暖笑了。

"如果在这里念书，应该很容易交到女朋友。"我说。

"嗯？"

"我母校也有座湖，不到十分钟便可走一圈。但跟女孩散步十分钟哪够？只好继续绕第二圈、第三圈、第四圈……"我叹口气，接着说，"最后女孩终于受不了，说：别再带着我绕圈圈了！分手吧！别来找我了！三个惊叹号便结束一段恋情。"

"那为何未名湖会让人交到女朋友？"暖暖问。

"这未名湖又大又美，青年男女下课后在这儿散步得走上半天。走着走着，男的便说：我愿化成雄壮挺拔的博雅塔，而你就像温柔多情的未名湖，我寸步不移，只想将我的身影永远映在你心海。湖可能还没走上一半，一对恋人就产生了。"

"哪会这么简单。"暖暖的语气显得不以为然。

"如果男的说：我们一定要永远在一起，长长久久、不离不弃；不管风，不管雨，也不管打雷闪电。英法联军烧得掉圆明园，却毁不了我心中的石头，因为那块坚贞的石头上刻了你的名字。"我问，"这样如何？"

"太煽情了。"暖暖说，"你再试试。"

我歪着头想了半天，挤不出半句话。

"想不出来了吧。"暖暖笑了笑，"我可以耳根清净了。"

"反正湖够大，得走很久。"我说，"在如诗般的美景走久了，泥人也会沾上三分诗意。"

"是你就不会，你只会更瞎说。"暖暖说。

约莫再走十五分钟，博雅塔已近在眼前。

博雅塔是仿通州燃灯古塔的样子而建造的，塔级十三，高三十七米。

"同学们猜猜看，这塔是干啥用的？"李老师指着塔问。

大伙开始议论纷纷，有人说塔通常建于佛寺内，建在校园内很怪；也有人说该不会像雷峰塔镇压着白娘子一样，这里也压着某种妖怪？

最后李老师公布答案：它是座水塔，一座以宝塔外形伪装的自来水塔。

博雅塔建于二十世纪二十年代，此后即默默站在湖畔，供应北大师生的生活用水。

我抬头仰望高耸入云霄的博雅塔，它似乎饱经风霜，周围只有松柏相伴。

"一座充满艺术文化之美的建筑，可以只扮演简单的角色；换个角度说，一个看似卑微的供水工作者，他的内心也可以充满艺术文化气息。"李老师说，"以前我在北大念书时，常来这里沉思，每次都有所得。"

离开博雅塔，我们转向南，暂别未名湖，准备前往上课的地方。

"未名湖真美。"我回头再看了未名湖一眼，说，"但跟你走在一起时，却觉得未名湖也只是一般而已。"

暖暖突然停下脚步。

而我话一出口便觉异样，也停下脚步。

同学们渐渐走远，我和暖暖还待在原地。

"学长！"学弟转头朝我大喊，"别想溜啊！"

我不知道怎么会脱口说出这些话。

是因为脑海里幻想着青年男女在未名湖应有的对话？

还是我心里一直觉得暖暖很美于是不自觉跟未名湖的美景相比？

还是两者都是，只因我把青年男女想象成我和暖暖？

"这是我刚刚叫你试试的问题的答案？"暖暖终于开口。

"算是吧。不过……嗯……"我回答，"我也不确定。"

气氛并没有因为我和暖暖都已开口而改变。

"学长。"学弟跑过来，说，"我们来玩海带拳。"

"干吗？"我说。

"海带呀海带……"学弟双手大开，像大鹏展翅，手臂模拟海带飘动。

"你少无聊。"我说。

"海带呀海带……"

学弟高举双手，手臂正想向上飘动时，我敲了他的头，说："你还来！"

学弟边狂笑边跑走，暖暖也笑出声。

"咱们跟上呗。"暖暖说完后便往前小跑步。

我也小跑步，跟上了暖暖，然后跟上了队伍。

穿过五四大道，看到一座建于晚清年间的四合院，门上写着：治贝子园。

门口还有尊老子石雕立像，高约两米。

内院是古色古香的小庭院，处处显得古朴而典雅。

"今天在这里上课？"我问暖暖。

"听说是。"暖暖说。

"嗯。"我点点头，"这里跟我的风格很搭。"

暖暖笑弯了腰，好像刚听到一个五星级的笑话。

今天上课的老师一头白发，但脸上没半点胡楂儿，讲的是老庄思想。从《道德经》第一章"道可道，非常道；名可名，非常名"开始讲起。

"道"是可以说的，但可以用言语来表述的道，就不是永恒不变的道；万事万物面目之描述——"名"，也是可以被定义的，然而一旦被清楚定义，则万事万物的本来面目便不可能被真实描述。

嗯，好深奥。

通常如果听到这种深奥的课，我都会利用这段时间养精蓄锐。但能在这样的地方上课是毕生难得的经验，我的好奇心便轻易击溃睡意。

偷偷打量教室四周，屋上的梁、地下的砖都泛着历史的痕迹。空气的味道也不一样，有一种淡淡的香味，说不上来。

我在暖暖面前的纸上写：有没有闻到一股特殊的香味？

暖暖闻了闻后，也在我面前的纸上写：没。是啥味？

我又写：这种味道跟我身上很像。

暖暖写：？

我写：那叫书香。

暖暖写：闭嘴！

我写：但我是用手写的。

暖暖写：那就住手！

快下课前，老师说人的本性就像一块埋在心底深处的玉，只露出一小点。每个人必须一点一滴去挖掘埋藏在心中的玉石，挖出它、琢磨它。

这便是寻求自我发挥本性的过程。

"要努力挖掘自我。"老师以这句当作课堂结尾。

"你挖到自己了吗？"离开治贝子园后，暖暖问。

"挖可挖，非常挖。不如不挖也。"我说，"这是道家。"

"还有别的吗？"暖暖说。

"挖即是空，空即是挖。这是佛家。"我说。

"再来呢？"

"志士仁人，无硬挖以害仁，有不挖以成仁。这是儒家。"

暖暖叹口气，说："瞎说好像就是你的本质。"

"你现在才发现吗？"

我们走到三角地吃午饭。吃完饭，我到附近商店买了北大的信封和信纸。

"有特别的意义吗？"暖暖问。

"我想用这些信封和信纸写履历找工作。"我说，"收到信的主管会以为我是北大毕业生，好奇之下便细看。这样我的履历才不会石沉大海。"

"你想太多了。"

"还是想多一点好。现在台湾工作不好找。"

大伙以散步方式往北走，快到未名湖时，便看到北大图书馆。

这是图书馆新馆，正门朝东，刚好跟东校门连成一线。

如果从东校门进入北大，视线毫无阻隔，可直接眺望北大图书馆。

设计风格结合传统与现代，屋顶像紫禁城的官殿一样，透着古典与大方。

整体建筑物为灰白色，更显得气势磅礴、端庄稳重。

新馆两翼与旧馆巧妙结合在一起，于是形成亚洲规模最大的大学图书馆。

李老师说曾有北大学生写过描述图书馆内气氛的诗句：静，轰轰烈烈的静。

大伙便起哄要进图书馆内感受一下气氛。

我们用证件换了张临时阅览证后，放轻脚步压低音量，鱼贯走进图书馆。

令我印象最深刻的是学生看书的眼神，像是紧盯猎物的猛虎。

如果学生的世界也有理想国度，这应该就是世界大同的样子。

可惜我已经毕业了，如果还没毕业，回台湾后我一定会更用功念书。

不过换个角度想，幸好我已经毕业了，不然压力就太大了。

读可读，非常读。嗯，轻松读就好。

我们再往北走到未名湖畔，继续欣赏上午未逛完的湖岸风景。

未名湖西侧湖中，有一露出水面张口朝天的翻尾石鱼，也是圆明园遗物。

"石鱼在未名湖里，有画龙点睛之妙。"暖暖说。

"它的亲人朋友们都被焚毁了，它孤零零在这儿点睛一定很寂寞。"我说。

"哟！"暖暖笑了，"看不出来，你还有颗感性的心。"

"你身上有没有带锁？"

"带锁作啥？"

"我要将心锁上，不让你看见。"

"我有带枪，要不，干脆毙了它。"暖暖说。

从西门离开北大，上车后屁股没坐热，便到了圆明园，距离不到一公里。

这里其实也没剩什么了，1860 年英法联军放的那场三天三夜的大火之后，除了水域和部分破碎不全的石刻文物外，都被烧光了。

但湖中荷叶翠绿、荷花藕红，树木从瓦隙中成长，废墟隐没在草丛中，整体自然景色还是有一种美，和一种旺盛的生命力。

"除了文字、图片、影像可记录历史外，断垣残壁也可见证历史。"李老师说，"圆明园遗址公园的存在意义，是在提醒中国人别忘了历史。"

爱新觉罗的子孙啊，想你先祖以十三副甲胄起家，书七大恨告天，发兵攻明，所向披靡，是何等豪气。

如今人家抢光烧光了你家的花园，你却只能低头认错、割地赔款，死后又有何面目见你先祖？

"你说得对。"我告诉暖暖，"难怪咸丰不敢住进天坛的皇穹宇。"

"我是瞎说的。"暖暖说。

"不，你不会瞎说，只会明说。你总是独具慧眼、高瞻远瞩。"我说，"如果咸丰遇见的女孩不是慈禧而是暖暖的话，那结果肯定不一样。"

"哪儿不一样？"

"咸丰牌位的木头质地特别硬，牌位上的字写得特别大，上的香特别长，上香时大家哭得特别大声。"

"说够了没？"

"够了。"我笑了笑。

我们并未在圆明园多作停留，又上车前往颐和园。

颐和园在圆明园西边，还是一样屁股没坐热就到了。

正因为近，颐和园的前身——清漪园，也同样毁于英法联军。

后来慈禧挪用海军经费三千万两白银历时十年重建，并改称颐和园。

颐和园是清末皇室的避暑胜地，也是慈禧的行宫。

由东宫门进入，六扇朱红色大门上嵌着黄色门钉，门前还有一对大铜狮。

先参观慈禧处理政事的仁寿殿、慈禧听戏的德和园、光绪的寝室玉澜堂；然后我们在昆明湖畔走走，欣赏湖光山色。

昆明湖碧波荡漾，万寿山与西山群峰交相辉映，山水一色。

在广阔的湖面上，点缀着三个小岛，湖四周有各式各样典雅的亭台楼阁。

颐和园既有皇家的金碧辉煌，又有江南园林的灵气秀雅。

"昆明湖真美。但……"

"喂。"暖暖紧张地打断我，"奇怪的话，一天说一次就够了。"

"我今天说过什么奇怪的话？"

"就是在未名湖那儿，你说啥未名湖真美的……"

"未名湖真美。但跟你走在一起时，却觉得未名湖也只是一般而已。"我问，"你是指这段话吗？"

我话讲太快了，根本来不及思索该不该说，便一口气说完。

暖暖听完后似乎脸红了，我也觉得耳根发烫。

"暖暖。"

"嗯？"

"我们用第三者的客观立场来检视那段对话，先别涉及私人恩怨。"

"好。"暖暖点点头，然后笑了。

"青年男女在未名湖畔散步时……"我顿了顿，吞了吞口水，接着说，"如果男的说出那些奇怪的话，女的会做何反应？"

"可能觉得甜，也可能觉得腻。兴许还会有人觉得恶心。"暖暖说。

"假设，只是假设哦，你是在未名湖畔散步的青年男女的那个女生，当你听到那些奇怪的话时，心里有何感想？"

"那得看是谁说的。"

"假设，假设哦，那个男的是我。"

"嗯……"暖暖沉吟一会，"我耳根软，应该会听进去。"

"真的？"

"毕竟你这人狗嘴吐不出象牙，难得说好话，当然要听。"

"那就好。"

"我是说，假设我是那个女孩。"

"但你同时也假设我是那个男孩。"

"我……"暖暖似乎结巴了。

"暖暖。"我说，"我们换个话题吧。"

"好呀。"暖暖的表情似乎松了一口气。

"慈禧真是用心良苦。"我说。

"嗯？"

"要不是慈禧挪用海军经费，怎么会有这么漂亮的颐和园呢？"

"说啥呀。"暖暖说，"难道你不知道这导致后来甲午战争的败仗？"

"如果慈禧不挪用海军经费，而且还赞助私人珠宝给海军，比方镶夜明珠的内衣和镶了钻石的内裤。"我说，"难道甲午战争就会打赢？"

"这……"

"那些钱与其让日本人打掉，不如用来建设颐和园。慈禧知

116

道以后中国人在勤奋工作之余，也需要一些名胜来调剂身心，因此宁受世人的唾骂，也要为后代子孙留下颐和园。所以说，慈禧真是用心良苦。"

"瞎说。"暖暖瞪我一眼。

"那再换个话题好了。"我说。

"可以。但不准说香蕉跌倒后变茄子、绿豆摔下楼变红豆之类的浑话。"

"好。"我点点头，"对了，我刚刚说错了，慈禧应该是穿肚兜，因此她捐的是用各色宝石镶成'身材最好的中国女人'这九个字的肚兜。"

"换话题！"

"慈禧真是用心良苦。"我说。

"喂。"

"慈禧临死前还不忘送毒药给光绪吃，让他先死。"

"这算哪门子用心良苦？"

"慈禧知道光绪孝顺，如果自己先死，光绪一定哀痛欲绝。于是宁可自己忍受白发人送黑发人的痛苦，也不愿光绪承受失去母亲的哀伤。"

"光绪又不是慈禧亲生的，光绪的母亲是慈禧的妹妹。"

"但名义上是母子，而且也有血缘关系。"我说，"总之，慈禧送出毒药的手，是颤抖的。所以说，慈禧真是用心良苦。"

"照这么说，八国联军兵临北京城下时，慈禧在逃跑前还让人把珍妃推进井里，这也是用心良苦？"暖暖说。

"珍妃长期在冷宫，身子一定冻坏了。慈禧得由北京逃到西安，那是多么遥远的旅途，珍妃受得了这折腾吗？为了不让珍妃忍受长途跋涉之苦，慈禧只好叫太监把她推入井里。慈禧下令时，声音是哽咽的。"

"再换话题。"暖暖说，"而且不能跟慈禧有关。"

"那就没话题了。"我说，"不过我最初的话题没说完。"

"最初的话题？"暖暖有些疑惑，"我一时忘了，那是啥？"

"昆明湖真美。但跟你走在一起时，却觉得昆明湖与你在伯仲之间，而且暖暖是伯、昆明湖是仲。"一口气说完后，我赶紧再补上，"如果有冒犯，请你原谅。你就当我瞎说。"

"好，我破例。"暖暖笑说，"一天听进两段奇怪的话。"

我们来到水木自亲码头，慈禧从京城走水路到颐和园时，御舟便泊在这儿。

往北走一点，就是慈禧居住的乐寿堂，慈禧晚年大部分时间都在此度过。

乐寿堂里还有张慈禧扮观音的照片，看起来的感觉整个就是怪。

你能把狼狗和美女想象在一起吗？

"慈禧真是用心良苦。"我说。

"你又来了。"暖暖说。

"慈禧扮观音的目的，就是要提醒人们，世间有很多披着羊皮的狼，千万不要被人的外表蒙蔽了。"我说，"所以说，慈禧真是用心良苦。"

"慈禧到底要用心良苦到啥时候？"

"就到这儿。"我说。

从乐寿堂往西穿过邀月门，就是举世闻名的颐和园长廊。

长廊是典型的中国式建筑，作为连接房屋间的有顶无墙走廊，因此漫步于长廊内既可欣赏美景，也可避免日晒雨淋。

颐和园长廊南面昆明湖，北靠万寿山，东起邀月门，西至石丈亭；全长七百二十八米，每四根柱子隔为一间，总共二百七十三间。

每间的柱子上半部安装横木，下半部则设置木制坐凳栏杆。

长廊所有的梁枋上，画满色彩鲜明的彩绘，共一万四千多幅，无一雷同。这些彩绘是苏式彩绘，大体可分为人物、山水、花鸟、建筑风景四大类。

而长廊也以建筑独特、绘画丰富，被誉为世界上最长的画廊。

在长廊中漫步，仿佛走进一座别致典雅的彩绘画廊；每个人也似乎化身成一条鱼，在画境之中优游。

长廊内的彩绘与长廊外的山水花木、亭台楼阁相映成趣，令人目不暇接。

如果走累了，可随时在两旁木凳坐下。坐着欣赏彩绘，也是一派悠闲。

"学长。"学弟跑过来说，"你边走边抬头看彩绘，每幅都要仔细看哦，看你能走几步不头晕。"

"都几岁的人了，还玩这些小孩子游戏。"我的语气带着不屑。

"试试看嘛。"暖暖说。

"嗯。"我立刻改口，"童心未泯是好事。"

我微仰起头，以缓慢的速度步行，仔细看着梁、枋上的彩绘。

彩绘色彩鲜艳、造型丰富，我渐渐感到眼花缭乱，便停下脚步。

"学长你才二十九步。"学弟说，"我是三十七步，王克有四十八步哦。"

"那又如何？"我说。

"这表示你的智商比我和王克低。"

"胡说！"

"学长恼羞成怒了。"学弟转头跟王克说，"我们快闪。"

学弟和王克的背影走远后，我说："暖暖，你也试试。"

"甭试了。"暖暖说，"我智商肯定比你高。"

"那可未必。"

"要不，来打个赌。如果我智商比你高，你就带我去暖暖。"

"你说得对。"我点点头，"你的智商肯定比我高。"

到了排云门，刚好游完长廊的东半部。我们转向北，朝万寿山前进。

由排云门沿万寿山而上，依序排列着二宫门、排云殿、德辉殿和佛香阁。

这些建筑由南而北、自低而高，依山势层层上升，气势雄伟。

排云殿角层层相叠，琉璃七彩缤纷，是慈禧过生日时接受朝拜的地方。

里面展示王公大臣祝贺慈禧七十岁生日的寿礼，还有一幅慈禧的油画。

由排云殿过德辉殿，再登上一百一十四级阶梯，便可到达佛香阁。

那一百一十四级阶梯约二十米高，足足有六层楼高度，把佛香阁高高举起。

由下仰视佛香阁，感觉佛香阁建在山脊上，高耸入天。

"我不爬了，我恐高。"王克的脚有些发软。

"来。"学弟蹲下身，背对着王克，"我背你。"

"谢谢。"我趴上学弟的背，"辛苦你了，你真细心。"

"都几岁的人了，还玩。"学弟猛地弹起身。

我跌了个狗吃屎，暖暖和王克则笑了。

"暖暖。"我问，"你恐高吗？"

"不。"暖暖回答，"我乐高。"

"那是积木吧？"

"是呀。"暖暖笑了。

同学们都走远了，我们四个因为王克的惧高症而杵在这里。暖暖提了个建议：学弟走在前拉着王克的手，我和暖暖在后负责挡住王克的视线。

我们便这么做，学弟右手拉着王克，我和暖暖一左一右在后压阵，王克则低着头，视线不朝上也不朝下，缓缓拾级而上。

爬着爬着，暖暖突然说："慈禧真是用心良苦。"

王克似乎有些惊讶，转头往后只瞥一眼，又迅速转回。

"阶梯这么陡，慈禧不可能自己爬上来，肯定让人抬上来。慈禧知道中国积弱的原因是体魄不强健，便盖了特陡的阶梯，让抬她的人锻炼身体。当慈禧在轿中望着抬轿的人时，眼睛肯定是湿润的。"暖暖说，"所以说，慈禧真是用心良苦。"

"暖暖。"王克突然笑出声，"你咋这样说话？"

暖暖得意地笑着，笑声刚停歇，我们便到了佛香阁。

佛香阁依山而建，高四十一米，有八个面、三层楼、四重屋檐，气势磅礴。

阁内供奉一尊泥塑千手观音像，高约三米。

每逢初一和十五，慈禧便在此烧香礼佛，其他时间大概就可以随便杀人。

佛香阁是颐和园中心，在此居高临下，视野开阔，颐和园美景尽收眼底。

俯瞰昆明湖平躺的仙岛、长堤、石桥，西边有玉泉山和西山群峰的陪衬，水光澄碧、山色青葱、楼阁秀雅，令人心旷神怡。

我们顺原路下山，原本担心王克该怎么下山，但二十多个同学围成三圈，把王克围成圆心，一团人缓缓滑步下山。

王克先是觉得不好意思，后来便觉得好笑，我们也一路说说笑笑下山。

回到排云门，再沿长廊西半部行走，走完长廊便可看见石舫。

石舫名为清晏舫，取"河清海晏"之义，全长三十六米，泊在昆明湖畔。

石舫由白色大理石雕刻堆砌而成，上有两层西式楼房，顶部是中式屋檐。

船内花砖铺地，窗嵌彩色玻璃，在白色大理石的衬托下，更显精巧华丽。

彩色玻璃让人联想到西方教堂的装饰，而两侧的机轮也模仿西方轮船，因此石舫可说是中西合璧的产物，成为颐和园的重要标志。

清宴舫是慈禧赏湖和饮宴的地方，有时还会叫宫女太监打扮成渔人。

可惜这石舫既不能航行，也承载不了大清的江山。

我们在清晏舫谋杀了很多相机的底片后，便到万寿山后山的苏州街。

苏州街位于后山苏州河两岸，模仿江南水乡临河街市的样貌而建造。

全长约三百米，由苏州河隔成两街，以木桥或石拱桥连接两岸。

苏州河曲折蜿蜒忽宽忽窄，沿岸建筑形式虽多样，但风格都是朴素秀雅。

建筑是木结构搭配青瓦灰砖，岸边则是石头护岸。

这让我想起元曲《天净沙·秋思》描述的：小桥、流水、人家。

走在苏州街上，两岸店家的招牌均为古式模样，布幔、幌、旗都是招牌。

清朝帝后喜欢在这里乘舟游街，店里的掌柜和伙计便由太监宫女装扮。

百年前这里是全世界服务最好的商家，因为顾客上门店员都是跪着迎接。

我和暖暖沿街漫步，远处绿树成林，河畔杨柳低垂，小船在河中划行；若不是偶见的告示牌提醒游人小心脚下别跌入河中，一切都让人仿佛置身于十八世纪的世外桃源。

见到白底镶红边的旗子上写着"钱庄"二字，便好奇走进去。

原来苏州街以铜钱和元宝交易，钱庄便是人民币与铜钱元宝兑换的场所，一块人民币换铜钱一枚。

我和暖暖换了些铜钱和元宝，然后走到附近的茶馆喝茶聊天。

　　坐在茶馆二楼，俯视小桥曲水，幻想古时江南水乡是否真是眼前景象。

　　而时间像苏州河水的流动一样，缓慢而寂静。

　　"这里的东西一定卖得很便宜。"我说。

　　"何以见得？"暖暖说。

　　"咦？"我说，"你讲话的口吻变了。"

　　"环境使然。"暖暖说。

　　"请尔重返二十一世纪，可乎？"

　　"好呀。"暖暖笑了，"你说呗。"

　　"逛街时慈禧问：这衣服多少钱？宫女回答：十两白银。慈禧说：太贵。宫女马上跪下磕头哭喊：奴婢该死！"我说，"卖得贵的人都被杀光，自然会有东西得便宜卖的传统。"

　　"目盲之言也。"

　　"嗯？"

　　"瞎说。"暖暖又笑了。

　　离开茶馆，我们走过一座石拱桥到对街，看见白旗上的黑字：算字。

　　"我只听过算命和测字，算字是什么？"我问暖暖。

　　暖暖摇摇头，说："去瞧瞧。"

　　一位下巴胡须垂到胸口的老者端坐亭内，旁边有行小字：铜钱五枚。

我和暖暖对看了一眼，互相点点头，便坐了下来。

"在纸上横排跟竖排各写十个字左右。"老者给我们两张纸，说，"多写几个字无妨，横竖字数不同也无妨。"

我想了一下，先写竖排：做事奸邪尽汝烧香无益。再写横排：居心正直见我不拜何妨。

"这是啥？"暖暖问。

"台南城隍庙的对联。"我说。

"耍酷是吧？"暖暖笑得很开心。

"这是饱读诗书的坏习惯，让你见笑了。"我说。

暖暖也想了一下，然后先写横排：能攻心则反侧自消，从古知兵非好战。

再写竖排：不审势即宽严皆误，后来治蜀要深思。

"这是成都武侯祠的对联。"暖暖说。

"你也有饱读诗书的坏习惯？"

"是呀。"暖暖笑说，"但我吃得更饱，因为字比你多。"

我们将这两张纸递给老者，他只看一眼便问我："先生写繁体字？"

"是啊。"我说，"我从台湾来的。"

"难怪。"老者微微点头。

"是不是写繁体字的人，命会比较好？"我问。

"我看的是性格，不是命。"老者说。

这老者好酷，讲话都不笑的。

"因横竖排列的不同，基本上会有卜、刊、十、丁、⊥、厂、
⌐、乚、⌐这九种，代表每个人的基本思考。"老者将笔蘸墨，
在纸上边写边说，"先生是十，是唯一横排穿过竖排的写法，思
考独特，通常与别人不同。姑娘是⊥，思考细密谨慎，不容易
出错。"

"那其他的呢？"我问。

"只要发问，须再加铜钱一枚。"老者说，"这题暂不收钱，
下不为例。简单而言，一般人最常见的写法是卜与刊两种，思考
容易偏向某一边，不懂从另一角度思考的道理。"

我和暖暖都没开口，怕一开口便要多给一枚铜钱。老者喝口
茶后，说："先写横排或竖排表示做事风格。先生先写竖排，埋
头向前，行动积极；又刚好搭配十之排列，独特的思考会更明
显，也会更不在乎别人的想法。姑娘先写横排，凡事权衡左右以
安定为先；加上搭配⊥之排列，思考会更沉稳，思考的时间和次
数会更多。"

"哪种比较好？"我一说完便捂住嘴。

老者没回话，端起茶碗喝茶。我拿出一枚铜钱放桌上，老者
才接着说：

"中国人讲中庸之道，万事无绝对好坏。做事太积极容易鲁莽；

思虑太多容易停滞不前。两位各有缺憾，先生的缺憾在于不顾左右、一意孤行；姑娘的缺憾在于犹豫不决、无法行动。"

"两位请看。"老者双手分别拿着我和暖暖写了字的纸，说，"两位无论横竖，字的排列都非常直。横排表空间，竖排表时间。竖排直表示两位会随时修正自己，具反省能力；横排直表示两位会想改善环境而且也会导正身旁的人。这正好可以稍微弥补两位的缺憾。"

老者说完后，将纸收回面前，摊平在桌上，接着说："从字迹笔画来看，先生写字力道大，做事有魄力；字的笔画太直，做事一板一眼，不知变通。就以先生写的'我'来说……"

老者用笔将我刚刚写的"我"字圈起，说："左下角的钩笔画太尖锐，右上角收笔那一'点'太大，力道又是整个字最强的，显示先生个性的棱角尖锐，容易得罪人且不自知。最重要的，先生的字太'方'，仿佛在写每个字时，周围有个方格围住，但白纸上并无方格，方格是先生自己在心中画出的，这是先生内在的束缚。"

"姑娘就没这类问题了。"老者视线转向暖暖写的那张纸，然后说，"字的力道适中，整个字一气呵成不停顿，笔画之间非常和谐，显示姑娘个性随和、人缘极好。可惜收尾的笔画既弱又不明显，字与字的间距有越来越小的现象，因此姑娘缺乏的是勇气与执行力。"

"那她应该如何？"我又拿出一枚铜钱放在他面前。

"做事别想太多、对人不用太好。"老者说。

"那我呢？"我准备掏出铜钱时，老者朝我摇摇手。

"你的问题请恕老朽无解，先生内在的束缚只能靠自己突破。"

老者说完后，比了个"请"的手势，我和暖暖便站起身离开。

"请等等。"老者叫住我们，"字是会变的，几年后或许就不同了。你们日后可以跟纸上的字比对。"

老者将那两张纸递给我们，暖暖伸手接过。

我只走了两步，又回头再将一枚铜钱放在老者面前，问："请问我和她适合吗？"

"你们是两个人，所以算两个问题。"老者说。

我只好又掏出一枚铜钱放桌上。

"你问的是性格吗？"老者说。

"对。"我说完后，右手抓起桌上一枚铜钱。

老者略显惊讶，我说："因为你也问了一个问题。"

老者首次露出微笑，说："如鱼得水，意气相投。"

我右手握住铜钱，化拳为掌拍了桌面，铜钱碰撞木桌时发出清脆的声响。

"还有……"暖暖在身旁，我不敢直接问，但还是鼓起勇气说，"比方说，一男一女，意气相投外，还有别的，也相投吗？"

老者抓起这枚铜钱，右手顺势斜抛上空，铜钱在空中画了一道弧线后，扑通一声掉进苏州河里。

"这个问题要问老天。"老者说。

离开那座亭子，我和暖暖若有所思，都不说话。

"你觉得刚刚那位老先生如何？"

我说完后，递了枚铜钱给暖暖，她伸手接过。

"挺怪的。"暖暖又将那枚铜钱递给我，问："你觉得呢？"

"不是挺怪。"我说，"是非常怪。"

然后我们很有默契地相视而笑。

大伙在一座两层楼高的石孔桥上集合，我们便从北宫门离开颐和园。

无论在车上、学校食堂里吃饭，还是洗澡，我脑海里都不断浮现老者的胡须。

洗完澡到教室聊天，问了很多同学是否也让那位老者算字。

结果大家都是经过而已，并未坐下来算字；只有学弟坐下来。

"我以为是问姻缘的，便让他算字。"学弟说。

学弟说老者尚未开口，他便说出生辰八字，还问自己的姻缘是否在北方。

"你的姻缘在嵩山，对台湾来说是北方没错。"我插嘴说。

"为什么在嵩山？"学弟很好奇。

"嵩山少林寺。"我说，"你是出家的命。"

"学长。"学弟苦着脸，"别开这玩笑。"

"好。"我笑了笑，"老先生怎么说？"

"那老先生说：不问姻缘，只问性格。我只好乖乖写字。"

学弟把他写字的那张纸拿给我，竖排写的是：我肚子好饿想回家吃饭。

横排写的是：你不问姻缘坐在这干吗。

横竖的排列是┳，横排和竖排不直也不歪，像S形弧线。

字体既歪又斜，字的大小也不一。

老者说学弟的思考无定理、没规范，容易恣意妄为；但因个性好，所以字迹随性反而是一种福报。

"对了。"我说，"你为什么想问姻缘？"

学弟示意我放低音量，然后轻声说："借一步说话。"

学弟往教室外走去，我站起身走了一步便停。

"学长。"学弟说，"怎么了？"

"我已经借你一步了。"我说。

学弟跑过来，气急败坏地推着我一道离开教室。

远远离开教室，学弟找了个安静无人的地方，我们席地而坐。

"学长。"学弟开口，"你知道我喜欢王克吗？"

"看得出来。"我说。

"这么神？"学弟很惊讶。

"白痴才看不出来。"我说，"你喜欢王克，所以呢？"

"我们后天早上就要回台湾了，我想……"学弟的神情有些扭捏。

我大梦初醒。

是啊，就快回去了，也该回去了。

来北京这些天，没兴起想家的念头，一时忘了自己并不属于这里。

但不管自己是适应或喜欢这里，终究是要回家的。

"要回台湾了，所以呢？"定了定神，我说。

"我想告诉王克，我喜欢她。"学弟说。

"那很好啊。"我说。

"可是如果她也喜欢我，该怎么办？"

"你喜欢她、她喜欢你，不是皆大欢喜？"

"我在台湾，王克在北京啊。"学弟的语气略显激动，"路途这么遥远，还隔了台湾海峡，以后怎么走下去呢？"

"那就别告诉她，当作生命中一段美好的回忆吧。"

"我怕以后到老还是孤单一人，牵着老狗在公园散步时，低着头告诉它：我曾经在年轻时喜欢一个女孩哦，但我没告诉她，这是我这辈子最大的遗憾。说完便掉下泪。而老狗只能汪汪两声，舔去我眼角的泪珠。然后我默默坐在公园掉了漆的长椅上，看着天边的夕阳下山。夜幕低垂后，一人一狗的背影渐渐消失在黑暗中。"

学弟越说越急、越急越快，一口气说完中间没换气。

"你可以去写小说了。"我说。

"我是认真的。"学弟说，"学长，你不也喜欢暖暖？"

"你看得出来？"

"我也不是白痴。"学弟说，"你会怎么做？"

学弟，我大你两岁。在我们这个年纪，每增加一岁，纯真便死去一些。

我曾经也向往"采菊东篱下，悠然见南山"的陶渊明式爱情；但菊花已在现实生活中枯萎，而我也不再悠然。

这并不是我喜欢你、你喜欢我便可以在一起的世界。

这世界有山、有海，也有墙，并不如我们想象的那样平坦。

我不会告诉暖暖我喜欢她，或许就像苏州街算字的老先生所说，这是我内在的束缚，自己在心中画出的方格。

我不会越过这方格，如果因为这样便得在公园牵着老狗散步，我也认了。

"别管我怎么做。"我说，"你还是告诉王克吧。"

"万一她说喜欢我呢？"学弟说。

"你自己都说'万一'了。"

"对啊，我想太多了。"学弟似乎恍然大悟，"我如果跟王克说喜欢她，她应该会说：我们还是当同胞就好，不要做爱人。"

"我想也是。"

"轻松多了。"学弟笑了笑，"我明天找机会告诉她，反正我说了，以后就不会有遗憾了。"

学弟似乎已放下心中一块大石，开始跟我说今天发生的琐事。

他还留了个在苏州街兑换的元宝当作纪念。

当我起身想走回教室时，学弟突然说："学长，这样会不会很悲哀？"

"嗯？"

"我因为王克会拒绝我而感到高兴，这样不是很悲哀吗？"学弟苦笑着。

我无法回答这个问题，再度坐下。

一直到我和学弟走回寝室休息前，我们都没再开口。

7

"昨晚跑哪儿去？"一走进教室，暖暖见到我劈头就说，"我找不着你。"

"找我有事吗？"

"没事不能找你说说话吗？"

"我们还是当同胞就好。"我说。

"说啥呀。"

"嗯。"我点点头，"这个问题很深奥，我得思考思考。"

说完后我便坐下，留下一头雾水的暖暖。

昨晚在床上翻来覆去，脑海里尽是与学弟的对话。

随着这些天跟暖暖的相处，彼此距离越来越近，渐渐有种错觉：觉得每天看到暖暖、跟暖暖说说话是件理所当然的事，也是习惯；却忘了这是生命中偶然的交会，交会过后又要朝各自的方向继续前进。

明天的这个时候，我应该是在前往机场的车上，那时我的心情会如何？

暖暖的心情又如何？

"被变种蜘蛛咬了，会变成维护正义的蜘蛛人。"我叹口气，说，"但被疯狗咬了只会得狂犬病。"

"又说啥？"暖暖问。

"这世界存在的道理，不是年轻的我所能理解的。"我说。

"你还没睡醒？"暖暖看了我一眼。

是啊，昨晚一直没睡好，现在开始语无伦次了。

来上课的还是昨天在北大治贝子园上课的老师，但今天讲孔孟。

孔孟孔孟，"恐"怕会让我想做"梦"。

虽然很想打起精神，但眼皮是生命中无法承受之轻；一旦它想合上，力气再大也打不开。

135

这教室我已习惯，不觉陌生，有种安定感，像家一样；而老师的声音则像母亲温情的呼唤：回家吧，孩子，你累了。

仿佛听到耳畔响起："儒家强调道德伦理，重视人的社会性；道家则强调究竟真实，重视人的自然性……"

然后我就不省人事了。

偶然醒来，看见面前的白纸写了好多次"北七"，数了数，共十七次。

"你醒了？"暖暖低声说。

"回光返照而已。"我也低声说。

"别睡了。"

"我也想啊。"

暖暖拿起笔，在我面前写上：我要去暖暖。

"我醒了。"我说。

中途下课出去洗把脸，勉强赶走一点睡意。

继续上课时，总感觉暖暖在一旁窥探，我精神一紧张，便不再打瞌睡。

终于把课上完后，我松了一口气。

突然想到这不仅是我在北京的最后一堂课，也是我学生时代的最后一堂课。

没想到最后一堂课会以打瞌睡结束，我真是晚节不保。

中午大伙驱车前往纪晓岚的故居。

一下车便看到两棵互相交缠的紫藤萝，树干虬曲、枝叶茂盛、花香扑鼻。

这两棵紫藤萝是纪晓岚亲手种植，已两百多岁了，依然生机盎然。

紫藤萝原本在故居院内，但修路时拆了部分建筑物，于是裸露街边。

要不是树下立了个石碑述说紫藤萝的来历，即使你从旁经过，也未必会多看一眼。

纪晓岚故居东侧有家晋阳饭庄，我们中午就在这里吃饭。

晋阳饭庄虽叫"饭庄"，却以山西面食闻名。

李老师点了刀削面、猫耳朵、拨鱼等面食，让我们大快朵颐一番。

刚听到猫耳朵时，还颇纳闷，原来是一片片小巧且外形像猫耳朵的面食。

而拨鱼是水煮面，有点像面疙瘩，但是头尖肚圆，形状像鱼。

山西菜口味较重，也较咸，外观不花哨，但风味独具。

香酥鸭和蚕茧豆腐这两道菜更是让所有学生啧啧赞叹。

饭后我们便走进纪晓岚故居内参观。

这里最初的主人并不是纪晓岚，而是雍正年间大将、岳飞的后裔岳钟琪。后来岳钟琪获罪拘禁，当时纪晓岚父亲刚好到京任职，便买下此宅。

两百多年来，此宅屡易主人、历经沧桑，晋阳饭庄也在此营业。

2001年晋阳饭庄迁到故居东侧，同时纪晓岚故居开始整修。

隔年纪晓岚故居终于正式对外开放。

纪晓岚故居现存只剩两堂一院，呈南北走向，面积不到原来的三分之一。

南边是正厅，目前当作纪念馆陈列室，展出纪晓岚生平及各种相关史料，例如他当年主持编纂的《四库全书》和晚年所作的《阅微草堂笔记》；还有他生前用过的部分物品以及藏书，包括著名的烟袋锅。

里头有张和人同高的纪晓岚画像，是个脸孔清瘦、长须垂胸的老者。

同学们初见画像的反应几乎都是惊讶。眼前这位老者相貌一般，甚至可说丑陋；而纪大学士在人们心中的形象是风流倜傥、一表人才。

这样也好，纪晓岚聪明多才、风趣幽默，如果又相貌堂堂，未免太过。

几个男同学面露安慰的笑容，可能他们心想其貌不扬的人也可风流倜傥。

风流倜傥的人也许相貌一般，但不代表相貌一般的人就容易风流倜傥。

"你今天咋了？"暖暖说，"嘴里老是念念有词。"

"是吗？"我回过神。

暖暖眼神在我脸上扫了扫后，点点头说："有股说不出的怪。"

"可能是昨晚没睡好、今早睡太饱的缘故。"我笑了笑，接着说，"你会不会觉得纪晓岚的画像，很像昨天在苏州街遇见的老先生？"

暖暖仔细打量画像，说："经你一说，还真的有些神似。"

"你身上还有铜钱吗？"我说，"给他一枚，问他在这里快乐吗？"

"无聊。"暖暖说。

北边即是纪晓岚的书斋——阅微草堂。

草堂内有幅纪晓岚官服画像，看起来三分气派、七分自在。

墙上挂满字画，还有一幅孔子的画像。

草堂内主要分成待客饮茶、读书写作以及生活起居三个地方。

整体看来，只是间简单的书房，显示纪晓岚的淡泊与俭朴。

我们走到院子，院子很小，四周有些草地，西侧有个大水缸。

有株两层楼高的海棠孤零零站在院子东北角，在简单的院子里特别显眼。

正对着海棠树则有尊婢女模样的塑像，手里拿了把扇子。

李老师领着大家走到海棠树旁，开始说起这株海棠的故事。

海棠是纪晓岚亲手种植，原先有两株，其中一株在改造老房时被砍掉。

这是纪晓岚为了怀念他的初恋情人——文鸾而种的。

纪晓岚初识文鸾时，她才十三岁，是纪晓岚四叔家的婢女。

文鸾性情乖巧、聪慧美丽，两人年纪相仿，常在四叔家的海棠树下嬉戏。

隔年纪晓岚父亲要带着他离乡赴京任职，纪晓岚万分不舍，临行前匆匆跑去四叔家与文鸾道别，并给了她一枚扇坠作为纪念。

几年后纪晓岚回到老家，文鸾已亭亭玉立、标致动人。

两人在海棠树下许下誓言、互定终身，约好纪晓岚取得功名后回乡迎娶。

纪晓岚初次应试却名落孙山，一直等到二十四岁那年才终于高中解元。

纪晓岚并未忘记当初的誓约，立即托人到文鸾家提亲。

但文鸾父亲趁机狮子开口需索巨额财礼，亲事因此耽搁。

文鸾并不知道父亲从中作梗，以为纪晓岚早已将誓言忘得一干二净。

从此忧思成疾，身子日渐消瘦，终至香消玉殒。

"纪晓岚悲痛欲绝，便在这里亲手种下海棠。"李老师说，"二十年后，纪晓岚有天在树下假寐时，梦见一女子翩然走来，站立不语。醒来后，知道是文鸾，便向人询问文鸾葬在何处，但人家回答说文鸾之墓久埋于荒榛蔓草间，早已不能辨识。纪晓岚感慨万千，写下《秋海棠》一诗。这段梦境描述于他所写的《阅微草堂笔记》中，你们可以读一读。"

《秋海棠》这首诗，老师知道吗？"暖暖问。

李老师微微一笑，指着一旁的石碑，说："在这《海棠碑记》里。"

大伙围过去看碑文，碑文上说这株纪晓岚种植的海棠已经两百多岁了，至今仍是春来花开满树，秋来果实弯枝。碑文也写下纪晓岚当时的心情：万端恻怜中，植此海棠树，睹物思旧人，一生相与随。

最后附上《秋海棠》的诗句：憔悴幽花剧可怜，斜阳院落晚秋天。词人老大风情减，犹对残红一怅然。

大伙不胜唏嘘，这时也才明了那尊拿了把扇子的婢女塑像是文鸾。

李老师让我们在海棠树下走走，试着感受深情的纪晓岚。

"纪晓岚的逸闻趣事总脱不了风流多情，今天就当成是帮纪晓岚平反。"

李老师说完后，径自走开。

我和暖暖在院子四周漫步，脚步很轻。

看见晋阳饭庄推出的"阅微草堂名人宴"广告，里面有道菜叫"海棠情思"。

我很怀疑知道海棠典故的人，吃得下"海棠情思"吗？

"暖暖。"我说，"你父亲为人如何？"

"提我父亲做啥？"暖暖问。

"只是想知道而已。"

"他这人挺好的呀。"

"那就好。"我说。

张老师要所有同学围在海棠树下合张影，然后我们便离开纪晓岚故居。

李老师买了几小袋纪晓岚老家的特产金丝小枣，每人分一些，在车上吃。

经过门前的紫藤萝时，李老师说有几位伟大的文人作家如老舍等，曾在紫藤萝棚架下，赏古藤、品佳肴。

我赶紧拿颗枣塞进嘴里，再抬头看看如云的紫藤花。

"做啥？"暖暖问。

"以后人们提到曾在这里赏古藤品佳肴的名人时，也要算我一个。"我说。

暖暖没理我，直接走上车。

我们在车上边吃枣边听李老师讲些纪晓岚的趣事，没多久便到了雍和宫。

雍和宫是康熙所建，赐予四子雍亲王当府邸，原称雍亲王府。雍正称帝后改王府为行宫，便称雍和宫；乾隆皇帝也诞生于此。

乾隆时又将雍和宫改为喇嘛庙，成为中国内地较大的藏传佛教寺庙。

同学们各买一大把香，以便入庙随喜参拜。

一入宫内，远处香烟缭绕，耳畔钟声悠扬，给人幽静、深远之感。

"雍和宫是很有佛性的地方，礼佛时心里想着你的愿望，如果你够虔诚，愿望就容易实现。"李老师说。

如果是十年前，我的愿望是金榜题名；如果是一年前，愿望是顺利毕业；如果是十天前，我的愿望是早日找到满意的工作。但是现在，我的愿望很简单，那就是可以常常看到暖暖的笑脸。

于是每当走进任一庙殿，见到各尊大小佛像，无论泥塑、铜铸还是木雕，我总是拿着香低着头想着我现在的愿望。

眼角瞥见暖暖手上的香晃啊晃的，不安分地摆动着。

"香拿好。"我伸手帮她把香拨正，"会伤到人的。"

暖暖有些不好意思，吐了吐舌头。

进了雍和宫大殿，李老师说这里即相当于大雄宝殿。

"一般的大雄宝殿供奉横三世佛，中间为娑婆世界释迦牟尼佛，左为东方净琉璃世界药师佛，右为西方极乐世界阿弥陀佛。这是空间的三世佛，表示到处皆有佛。但这里供奉的是竖三世佛。"李老师说，"左为过去佛燃灯佛，中为现在佛释迦牟尼佛，右为未来佛弥勒佛。这是时间流程的三世佛，表示过去、现在和未来，因此无时不有佛。"

空间也好、时间也罢，无论何时何地，我都想看到暖暖的
笑脸。

刚想完第二十七遍现在的愿望，突然感到一阵刺痛，急忙
收手。

原来是暖暖被唐卡吸引住目光，手中的香头刺中我左臂。

"呀？"暖暖说，"对不起。没事吧？"

"没事。"我说，"如果刚好刺中额头，我就成观音了。"

"别瞎说。"暖暖说。

虽然嘴里说没事，但拿香低头时，左手臂总会传来微微的刺
痛感。

走进万福阁，迎面就是一尊巍然矗立的巨佛——迈达拉佛。

"迈达拉是蒙古语，藏语是占巴，梵语是弥勒，汉语就是当
来下生。"李老师说，"也就是竖三世佛中的未来佛。"

迈达拉巨佛由整株白檀木雕刻而成，地上十八米、地下八
米，总高二十六米，是世界最大的木雕佛。

佛像头戴五佛冠，身披黄缎大袍，腰系镶嵌珠宝的玉带，手
拿黄绸哈达；全身贴金，身上遍是璎珞、松石、琥珀等珠宝玉石。

双目微垂，平视前方，神情虽肃穆却仍显慈祥，令人不自觉
发出赞叹。

同学们问起为何这尊佛像要如此巨大。

"佛经上说，在未来世界中，弥勒佛降生人间时，人类要比现在人高大，那么未来佛势必比现在人更高大，所以才雕刻如此巨大的未来佛。"

李老师回答后，顿了顿，又接着说："世界如此纷乱，总不免令人殷切期盼未来佛——弥勒佛能早日降生娑婆世界，普度众生。这或许也是未来佛像如此巨大的原因。"

"我问大家一个问题。"李老师说，"这尊佛像如何摆进万福阁里的？"

大伙下意识转头看一下庙门，随即傻眼。

佛像如此巨大，即使横着抬进来，也根本进不到里面。

"凉凉。"暖暖问，"佛像咋可能进得来？"

"这不是可不可能的问题。"我说，"而是需不需要的问题。"

"蔡同学。"李老师指了指我，说，"请说说你的看法。"

"一般人是没办法把佛像运进来，但或许有绝顶聪明的人可以想出办法。但如果真是绝顶聪明的人，怎么可能没想出先立佛像再建阁这种最简单的方法呢？"我说。

"大家明白了吗？"李老师笑了笑，"每个人心中都有阁在先、佛像在后的预设立场，即使有最聪明的办法，其实却是最笨的事。心中有了线，思考便不够圆融周到。"

大伙恍然大悟，想起刚刚想破头的情形，不禁哑然失笑。

"有时环境不好，你会想改善环境让自己满意，但结果常常是令人气馁。你何不试试把自己当成万福阁、把环境当成是巨佛，让自己转动去配合不动的环境呢？"李老师说完后笑了笑，呼了一口长气，说，"这是我们在北京的最后一个行程了，我的任务也算完成。雍和宫里还有很多东西可以细看，给你们一个半钟头，之后我们在宫门口集合。"

大伙各自散开，我和暖暖往回走，除主殿外也走进各配殿。

暖暖对唐卡很有兴趣，一路走来，总是在唐卡前停留较久。

到了集合时间，准备上车时，我跑去买了些藏香。

"你要礼佛吗？"暖暖问。

"不。我要礼我。"我说，"考试前点上一些，便会满身香，像佛一样。也许考试时，不会的题目说不定就会顿悟。"

"又瞎说。"暖暖的语气带点责备，"这样你的愿望咋实现？"

我心头一惊，几乎忘了要上车。

回到学校后，觉得有些累。

不是因为身体的疲惫，而是因为觉得旅程要结束了，有种空虚的无力感。

同学们好像也是如此，因此教室里颇安静，完全不像前几天的喧闹。

"钱都用光了。"李老师开玩笑说，"晚上咱们自个儿包水饺吃。"

大伙一起擀面皮、和馅、包饺子、煮汤，笑声才渐渐苏醒。

吃饭时怎么可以没有余兴节目呢？

大伙说好，原则上以组为单位，上台表演；但也不限，谁想上台便上台。

最先上台的一组不知道从哪儿弄来一块布，隔在讲台中间。

北京学生站左边，台湾学生站右边。

两边学生隔着布看着另一边的影子、侧耳倾听另一边的声音。

一边有动静，另一边立刻围在一起窃窃私语。

一开始我看不懂他们在演啥，渐渐地，我开始懂了。

我不禁想起刚到北京时，两边的学生从陌生到逐渐熟悉，常可听到：

"听说你们那边……"北京学生开了口，但不免支支吾吾。

"听说你们这边……"台湾学生也开口，但总是含糊其词。

彼此都很想满足自己的好奇心，但又怕不小心误触地雷。

像拿了根长棍子在高空走钢索，小心翼翼控制手中棍子维持平衡，然后战战兢兢地，一步一步缓慢前进。

随着熟悉度提高，脚下的钢索越来越宽，终于变成一块木板。

长棍子便被远远抛开，脚步变实，甚至开始跑跳。

刚听到对方问题时的反应总是惊讶，因为觉得怎么会有这种误解；到最后却是伴随爽朗的笑声，因为觉得对方的误解是件有趣的事；同时觉得自己的误解也很有趣。

原来彼此都在光线扭曲的环境里，看到对方的长相。

于是彼此都不了解对方，却都自以为了解。

接下来上台的是两个学生，一个是台湾学生，另一个是北京学生。

"二把刀。"北京学生说。

"三脚猫。"台湾学生说。

"上台一鞠躬。"两人同时说。

大概是相声吧，我想。

"在台湾，有首童谣我一直搞不懂，想请教请教。"

"请教不敢当。一起琢磨琢磨便是。"

"城门鸡蛋糕，三十六把刀。骑白马，带把刀，走进城门滑一跤。"

"鸡蛋糕是啥？三十六把刀又是啥？"

"不知道。小时候就这么唱。"

"您唱错了。城门城门几丈高，三十六丈高。骑大马，带把刀，走进城门绕一遭。这样才对。"

"三十六丈约一百米，快三十层楼高，天底下有这么高的城墙吗？"

"小孩儿人矮眼睛小，城墙看起来特高，挺合逻辑。"

"合逻辑？"

"肯定合。"

两位同学笑嘻嘻的，继续东扯西扯，台下学生偶尔爆出如雷的笑声。

好不容易终于扯完。

"我要表演民俗技艺。"学弟走上台说。

"非常好。"周老师、吴老师、张老师异口同声。连李老师也点头。

"我需要一个助手。学长。"学弟手指着我,"就你了。"

我一上台,学弟便递给我一片口香糖,说:"请把包装纸拆开。"

我拆开后,两指夹着那片口香糖,学弟说:"请举高。"

我将手举到胸前高度,学弟弯着身仰头向后,双手背在身后。

学弟缓慢碎步靠近我,然后用双唇夹住那片口香糖,我便松手。

学弟双唇紧闭,维持弯身仰头的姿势,在台上走了一圈。

最后右手从口中抽出那片口香糖,直起身,鞠个躬:"谢谢大家。"

"你在干吗?"我问。

"这是绿箭口香糖。"学弟指着包装纸,"所以我刚刚表演的,是伟大的民俗技艺——'吞箭'。"

我全身冻僵,愣在当地。

"我还可以把剑咬碎哦。"学弟又将口香糖送进嘴里,张口大嚼。

混蛋!自己丢脸还不够,还把我拉上来一起丢脸。

我双手掐住学弟脖子,说:"给我吞下去!"

"保安……"学弟喘着气,"保安……"

我红着脸走下台，暖暖笑着说："你学弟蛮有创意的。"

台上又有一组学生正演着纪晓岚与文鸾的故事。

还有一个学生用黑色签字笔在衣服上写上：文鸾之墓，因为他演墓碑。

"文鸾妹子，我来晚了，原谅哥哥啊！"

边说边敲打"文鸾之墓"，表达痛心。

明明是悲到底的悲剧，演起来却像爆笑喜剧。

这点跟台湾偶像剧的演员一样，总能把悲剧演成喜剧。

由这组学生中北京学生的演出来看，大陆的偶像剧大概也是凶多吉少。

五个男同学各自趴跪在地上背部拉平，彼此手脚相接，看起来颇像城墙。

一个女同学大声哭喊："夫君呀！"

然后五个男同学倒地，城墙垮了。

用的是蒙太奇的表现手法，演的是孟姜女哭倒万里长城的故事。

还有一组同学演出民国老兵回乡探亲的故事。

"我已经走了四十年，小孩为什么才三十八岁？"

"他太思念父亲了，所以忘了长大。"

我们这组成员也商量着表演什么。

我说让四个人叠罗汉演迈达拉佛，暖暖在佛前祈祷：请速速降生人间吧。

然后我演刚出生的婴儿，再让人拿手电筒照我额头，这样头上就有佛光。

"我来扮演降生人间的未来佛，最有说服力。"我说。

"闭嘴。"暖暖和其他组员说。

组员们人多嘴杂，始终拿不定主意。

"干脆返璞归真，就唱首歌。"暖暖说。

"什么歌？"我问。

"准保大家都会唱。"暖暖卖了个关子。

轮到我们这组上台，暖暖说："我们要唱《大约在冬季》。"

"不成！"台下学生说。

"咋不成？"暖暖说。

"要唱也该大伙儿一块唱！"

说完全部同学便跑上台，还把四位老师也拉上来。

有人喊出一、二、三、唱！

五十几个人便同时开口唱：

　　轻轻地我将离开你请将眼角的泪拭去

　　漫漫长夜里未来日子里亲爱的你别为我哭泣

　　前方的路虽然太凄迷请在笑容里为我祝福

　　虽然迎着风虽然下着雨我在风雨之中念着你

　　没有你的日子里我会更加珍惜自己

　　没有我的岁月里你要保重你自己

你问我何时归故里我也轻声地问自己

不是在此时不知在何时我想大约会是在冬季

不是在此时不知在何时我想大约会是在冬季

我想大约会是在冬季……

歌声刚歇,同学们情绪亢奋,在台上又笑又叫。

仿佛刚拿到决赛权而明天要打世界杯决赛,个个斗志高昂、热血澎湃。

就差窗外没夕阳了。

渐渐地,大家想起这不是庆功的晚宴,而是离别的前夕。

明天早上,台湾学生八点就得坐车离开,要赶十点多的飞机。

心情的转换只在瞬间,当大家意识到即将离别时,笑声变轻、笑容变淡。

然后开始互相合拍照片,留下电话和 E-mail。

有的跑回寝室拿出礼物互赠,当作纪念。

这些礼物通常是电话卡、明信片之类的小东西。

气氛变得有些微妙,带点伤感。

我不禁想起中学时代也曾参加过夏令营之类的活动。

活动结束前一晚,总在空地生起营火,所有人围着营火唱《萍聚》。

那气氛真是催泪到不行,很少人的眼睛能够全身而退。

仿佛就要和这辈子最好的朋友分离、就要失去挚爱,恨不得变成徐志摩,把内心丰沛到已经满溢的情感用文字表达出来。

可惜没有人是徐志摩，于是只能让心中的酸意蔓延至全身。

然而下山后一个星期，山上伙伴的笑颜便开始模糊。

有些女同学的眼眶已经红了，还有人轻轻拭泪。

我早已过了在演唱会拿着荧光棒左摇右晃的年纪，也相信所有沛然莫之能御的情感只是离别气氛催化下的产物。

我告诉自己，这会是将来美好的回忆，但不需要付出眼泪去交换。

万一我不小心情绪失控，我一定会狠狠嘲笑自己的幼稚。

"我住南投，如果你以后来台湾，我带你去日月潭玩。"

听到一位台湾女学生边擦泪边这么说，让我想起暖暖也想去暖暖看看，我突然感到有些鼻酸。

定了定神，悄悄溜出教室。

我走到几乎听不见教室内声音的地方，抬头看了一眼夜空。

明天的夜空就不是长这样了，我心里想。

"凉凉。"暖暖的声音在背后响起。

我转过头，暖暖递给我一张纸。

"你还没写电话和 E-mail 给我呢。"暖暖说。

我蹲下身，以左腿为垫，写了电话和 E-mail，站起身把纸递给她。

"住址也要。"暖暖没接过纸，只是笑了笑，"兴许我会写信。"

我又蹲下身，换以右腿为垫，写下地址，再站起身把纸还给她。

"我不用写吗？"暖暖问。

"当然要啊。"

我摸遍身上口袋，找不到半张纸，只得从皮夹掏出一张钞票，递给暖暖。

"我真荣幸。"暖暖说，"可以写在钞票上。"

"这样我的皮夹里永远都会有钱。"

"嗯？"

"因为这张钞票会永远躺在我的皮夹里。"我说。

"如果你换了皮夹呢？"

"这张钞票也会跟着搬家。"

"如果你皮夹被扒了呢？"

我赶紧又掏出那张钞票，仔细记下那串英文字母和数字。

"别担心。"我说，"我已经牢牢记在心里了。"

不远处有张石凳，我和暖暖便走过去，并肩坐了下来。

"你知道为什么要唱《大约在冬季》吗？"暖暖问。

"我知道。"我说，"我们在紫禁城护城河旁时，你问我什么时候带你去暖暖，我回答说大约在冬季。"

"你记得就好。"暖暖笑得很开心。

"暖暖。"我问，"你眼睛还好吧？"

"眼睛？"暖暖眨了眨眼睛，"没事呀。我眼睛咋了？"

"要跟这么多朋友道别，我想你应该会伤心流泪。"

"只要会再见面，所有的离别都是暂时的。"暖暖说。

暖暖的表情很从容，看不出波动。

"为什么会再见面？"我问。

"你忘了吗？"暖暖说，"在什刹海旁，你说过如果我在北京工作，你就来北京找我。"

"我记得那时有风，所以应该算是风中的承诺。"

"凉凉，你……"

暖暖突然急了，满脸涨红，眼眶也泛红。

"我是开玩笑的。"我赶紧说。

"都啥时候了，还开玩笑？"

"暖暖，你知道的，我是饭可以不吃、玩笑不能不开的那种人。"

"我不知道。"

"《论语》说：君子无终食之间违仁，造次必于是，颠沛必于是。我就是那种典型的君子，造次时会开玩笑，颠沛时也还是会开玩笑。"

"论语是这样用的吗？"暖暖白了我一眼。

"不管怎样，"我苦笑，"刚刚真的是开玩笑。"

"好。"暖暖说，"现在没风，你说，你要不要来北京找我？"

"没风时我不敢下承诺。"我说。

"喂！"

"你看，我又开了玩笑，这种气节真是无与伦比。"

"你说不说？"

"你先等等。我得陶醉在自己无与伦比的气节中几秒，才能说话。"

"你到底说不说？"

"风怎么还没来？"

"快说！"

"如果你在北京工作，我就来北京找你。"我说。

"啥时来？"

"刚唱过的，大约在冬季。"

暖暖终于又笑了。

"所以我说，只要会再见面，所有的离别都是暂时的。"暖暖说。

暖暖说完后，抬头看了看夜空，神情自在。

我和暖暖或许会再见面，但中间的过程要花多久时间，我不知道；我只知道明天一旦上车，当暖暖的身影消失在视线尽头时，我便会开始想念她。

而所谓的明天其实只不过是眼前的夜空由黑变白而已。

"还好。现在有网络。"我的语气像在安慰自己。

"是呀。"暖暖说。

"对了，台湾叫'网路'，你们这边叫'网络'，你知道吗？"

"当然知道。"暖暖的语气有些埋怨，"咋老讲废话。"

"我怕你不知道啊。结果我从网络写信给你，你却跑到马路边去收信。"

"我才没这么笨。"暖暖轻轻哼了一声。

"有网络就方便多了。"我说。

"网络用来联络事情很方便，但用来联络感情……"暖暖摇摇头。

"怎么说？"我问。

"心的距离若是如此遥远，即使网络再快，也没有用。"暖暖说。

"暖暖。"我说，"你有时讲话会带有哲理，偶有佳作。"

"不是偶有佳作。"暖暖笑说，"是必属佳作。"

"如果世上的男女都能以纯真的心对待彼此，"我仰头看了一眼夜空，"到那时网络就可以含笑而断了。"

"是呀。"暖暖说。

"你这次怎么没反驳我？"

"因为我也是这么认为呀。"暖暖笑了笑。

"在网络还没含笑而断前，我会写信给你。"我说。

"我知道。"暖暖说。

然后我们都不再说话，单纯地坐在一起。

我开始回忆这几天来相处的点点滴滴，想着想着，不自觉露出微笑。

"你想起哪段？"暖暖问。

"嗯？"

"你不是正想着我们这些天做了啥、说了啥吗？"

"你知道我在想什么？"

"我知道。"暖暖露出神秘的微笑。

时间刚过十二点，严格来说，今天就得离开北京。

暖暖站起身说了声晚了，我点点头，也站起身。

只往回走了两步，突然意识到这也许是我和暖暖独处的最后一点时间。

我想开口说些话，说什么都好，但话到嘴边总是又吞了回去。

这样不行啊，我心里一定有某些话只能现在说，不说就再也没机会了。

虽然我曾告诉学弟，我不会跟暖暖说我喜欢她；但现在却有股冲动，想突破自己内心画出的方格。

我自认有赛车手的心脏、拳击手的血液，但此刻再也无法维持正常的心跳和血温。

"暖暖。"我鼓起勇气开口，"你知道的。"

暖暖转头看了一眼我的神情，点了点头，说："嗯。我知道。"

暖暖，我也知道。

我知道你知道我想说什么。

"明朝即长路，惜取此时心。"暖暖说。

158

我停下脚步。

"这是钱锺书的诗句。"暖暖又说。

明天就要远行，今夜此情此景，我大概想忘也忘不掉。

"暖暖。"我说，"我会的。"

"我知道。"暖暖说。

我们相视而笑，各自走回寝室。

回寝室后，想先洗个澡，再整理行李。

在浴室门口刚好碰到学弟，我问："你跟王克说了吗？"

"说了。"学弟回答，"我把那幅才子卷轴送给她，然后说：我是才子，你愿意做我的佳人吗？"

"王克怎么说？"

"她什么也没说。"学弟说，"我等了十分钟，她一句话也没说，表情也没什么变化，我就走了。"

"往好处想，至少她没赏你一巴掌。"我说。

"是啊。"学弟淡淡地说，"往好处想。"

洗完澡，刚走回寝室，徐驰和高亮立刻送东西给我。

徐驰送了四片木制书签，上头彩画了一些山水花鸟；高亮送的是一套三张的藏书票。

我急忙道谢收下，想起自己也该回送些什么，但却两手空空。

只好从皮夹里掏出两张电话卡，刚好上头印了台湾名胜。

"台湾有两种公用电话卡，请你们留作纪念。"我很不好意思，说，"很抱歉，我没准备礼物，请别见怪。"

徐驰和高亮都笑了笑，直说没事。

我开始整理行李，出门八天的行李多少还是有点分量。

高亮细心提醒我别忘了带台胞证和机票，徐驰说："提醒他做啥？最好让他走不了。"

我整理好了，拉上行李箱拉链，把台胞证和机票收进随身的小背袋里。

"早点睡吧，明天得早起，飞机不等人的。"高亮说。

我欲言又止。

"别来哭哭啼啼、依依不舍那套，快睡。"徐驰说。

躺在床上，思潮汹涌，很难入睡。

迷迷糊糊间天亮了，洗把脸，到食堂吃早点。

跟前些天不同的是，食堂里一点声音也没。

吃完早点回到寝室，拉着行李箱，背上背袋，走到校门口等车。

不用上车的北京学生也在，似乎都想送台湾学生最后一程。

远远看到暖暖跑过来，到我身旁后，喘了几口气，伸出手说："给。"

我接过来，是一个包装好的小礼物，很沉。

"不是啥好东西，不嫌弃的话就收了呗。"暖暖说。

"这是？"

"三天前在大栅栏里买的。"

我想起那时暖暖突然要我等她十分钟，原来是跑去买这东西。

我很后悔自己根本没准备东西送暖暖，情急之下又从皮夹掏出一张钞票。

"又是钞票？"暖暖说。

"这给你。"我把一张红色百元台币递给暖暖。

"给我钱做啥？"

"不不不。"我说，"你别把它当钱，你看这上头有孙中山肖像，如果你以后想念起孙中山，便不用大老远跑去南京中山陵瞻仰。"

"好。"暖暖收下钞票，笑了笑，"谢谢。"

车子到了，该上车了。

"暖暖，你要好好活着。别学文鸾。"我说。

暖暖大概连瞪我的力气也没了，表情有些无奈。

"行。"暖暖简单笑了笑，"我尽量。"

上了车，隔着车窗用心看着每张脸。

我相信几个月后甚至几年后，我仍然会记住这些微笑的脸庞。

徐驰也挥挥手，嘴里说："走吧走吧，别再来了。"

真是个白烂。

我的视线最后停留在暖暖身上。
暖暖只是淡淡笑着，并没挥手。
车子启动了，车轮只转了半圈，暖暖突然用力挥手。
"凉凉！"暖暖高声说，"再见！"

挥手的那瞬间，暖暖突然立体了起来。

___8

以往车子总是满满的人，现在却只坐一半，感觉好空。
车内少了笑声，连说话声也没有，只听见引擎声。
好安静啊。

我拆开暖暖送的礼物，是个金属制的圆柱状东西，难怪
很沉。
这并不完全是个圆柱，从上头看，缺了些边，看起来像是新
月形状。
高约十厘米，表面镀金，但颜色并不明亮，反而有些古朴的
味道。
柱上浮雕出二龙戏珠图案，柱里头中空，如果放笔，大概可
放十支。

我把玩一会儿，便小心收进背袋里。

到了首都机场，下了车，同学们各自拿着自己的行李。

"同学们再见了，记得常联络。"李老师笑了笑，"这次活动有啥不周到的地方，同学们别见怪。"

"一路好走。"张老师也说。

这些天李老师每到一个景点，便用心解说，语气温柔像个慈父；而张老师则几乎把一切杂务都包在身上。

听见李老师这般谦逊客气的说法，有些女同学眼眶又红了。

几个学生抓紧时间跟两位老师合照。

我也把握住时间跟李老师由衷道声谢谢，李老师轻轻拍拍我肩膀。

"送君千里，终须一别。"李老师说。

李老师和张老师最后和周老师、吴老师握了握手后，便上车离开。

办好登机手续，行李箱也托运了，排队等候安检时，我看见学弟手里拿着卷轴，便问："你不是送给王克了吗？"

"她刚刚又拿来还我。"学弟苦笑着。

学弟的背影看来有些落寞，我也不知道该说什么安慰他。

我将背袋放上输送带，背袋经过 X 光机器时，安检人员的神情有些异样。

安检人员拿出我背袋中暖暖送的东西，问："这干啥用的？"

"让笔休息用的。"我回答。

"啥？"

"这是……"怕再惹出汤匙和勺的笑话，我有些迟疑轻声说，"笔筒？"

"笔筒是吧？"他再看一眼，然后还给我，说，"好了。"

原来你们也叫笔筒哦。

收拾背袋时，瞥见学弟的卷轴，便拿着。

"你东西掉了。"我拍拍学弟的肩膀。

学弟转身看了我一眼，说："学长。我不要了，就给你吧。"

我还没开口，学弟便又转身向前走。

上了飞机，刚坐定，顺手拆开卷轴。

卷轴才刚摊开，从中掉出三张卷藏在卷轴里的纸。

我一一摊开，只看一眼，便知道是三张铅笔素描。

第一张画的是长城，上头有一男一女，男生拉住女生的手往上爬；第二张是一男一女在胡同区，女生双手蒙着脸哭泣，男生轻拍她的肩；第三张应该是佛香阁前陡峭的阶梯，最前头的男生转身拉着女生的手，女生低着头，后面有一对男女站在低头女生的左右。

而卷轴的"才子"右下方，又写了字体较小的"佳人"二字。

我来不及细想，便拍了拍坐我前头的学弟，把卷轴和三张画

164

都给他。

学弟一脸惊讶，然后陷入沉思。

学弟突然解开安全带，站起身，离开座位。

我吓了一跳，也迅速解开安全带站起身从后面抱住他，说："飞机快起飞了，你别乱来！"

"学长。"学弟转头说，"我上个厕所而已。"

学弟走到洗手间旁，我双眼在后紧盯着。

空乘小姐告诉他说：飞机要起飞了，请待会儿再使用洗手间。

学弟转身走回座位，坐下来，扣上安全带，拿起卷轴和画细看。

飞机起飞了，安全带警示灯熄灭了，学弟终于收起卷轴和画。

我松了口气，便闭上双眼。

暖暖，我离家越来越近，但却离你越来越远了。

北京飞香港差不多花了四小时；在香港花了一个小时等候转机；香港飞桃园机场花一个半小时；通关领行李花了四十分钟；出机场坐车回台南花三个半小时；下了车坐出租车，花十五分钟才到家。

剩下的路途最短却最遥远，我要提着行李箱爬上无电梯公寓的五楼。

到了，也累瘫了。

躺在熟悉的床上却有股陌生的感觉。

只躺了十分钟，便起身打开计算机，连上网络。

收到徐驰发来的 E-mail，里头夹了很多相片图档。

拜网络之赐，这些相片比我还早下飞机。

我一张张细看，几乎忘了已经回到台湾的现实。

看到暖暖在神武门不小心扑哧而笑的影像，我精神一振。

但没多久，却起了强烈的失落感。

叹口气，继续往下看，看到我在九龙壁前的独照。

感觉有些熟悉，拿出暖暖送我的笔筒相比对。

笔筒上的二龙戏珠跟九龙壁中的两条龙神韵很像。

或许所有二龙戏珠图案中两条龙的身形都会类似，但我宁愿相信这是暖暖的细心。

那时我在九龙壁前特地要徐驰帮我拍张独照，所以她挑了这东西送我。

暖暖，你真是人如其名，总是让人心头觉得暖暖的。

我将笔筒小心翼翼拿在手里。

然后放进抽屉。

因为不想让它沾有一丝丝尘絮，宁可把它放在暗处里。

这是一种什么样的珍惜？

在收件者栏输入暖暖的 E-mail，然后在键盘打下：

暖暖。

我到家了，一路平安。

你好吗？

凉凉在台湾。

9

一觉醒来，已快中午。

打开计算机，收到暖暖的回信。

信上写：

凉凉。

你还活着就好。我很好，也活着。

快去吃饭吧。

暖暖在北京。

我洗了把脸，下楼去觅食。

街景是熟悉的，人们讲话的腔调也熟悉，我果然回到家了。

在北京连续八天听了太多卷舌音，老觉得声音在空中不再是
直线传递，而是化成一圈一圈像漩涡似的钻进耳里。

我的耳朵快多长一个涡了。

下意识摸了摸耳朵，说：之前让您受累了。

吃饱饭后，又看了一次徐驰发来的相片档。

视线依然在暖暖的影像前驻足良久。

看完后眼睛有些酸，擦了擦不知是因为眼酸或是难过而有些湿润的眼角。

关上计算机，躺在床上。

再度睁开眼睛时，天已经黑了。

不管是白天还是黑夜，我重复觅食、开计算机、看相片、发呆、躺下的过程。

感觉三魂七魄中少了一魂两魄，人变得有些恍惚。

就这么度过第一个完全看不到暖暖的日子。

之后连续两天，我仍然无法脱离北京状态，脑子里有些错乱。

觉得实在无法静下心时，便写 E-mail 给暖暖。

两天内写了七封 E-mail，暖暖也回了我七封。

信的内容都是具体的事物，而不是抽象的感觉。

我不会写：台湾的风，在没有你的黑夜里，依然无情地刮着。

暖暖也不会写：失去你的身影，北京的太阳也无法照亮我的心房。

我们都只是告诉对方：正努力活着，做该做的事。

偶尔也起了打手机给暖暖的念头。

现在手机普遍，可随时随地找到人；但也因随时随地，对方人在哪里、做什么事，你完全没概念。

比方说，我在北京第三天时，接到一通大学同学打来的电话。

"现在有空吗？"他说。

"有啊。"我说。

"出来看场电影吧。"

"可是我人在北京耶。"

"……"

所以我总是克制住想打手机给暖暖的欲望。

一方面是因为电话费可能会很贵；另一方面是觉得没什么特别奇怪的事值得打电话。

如果我在路上捡到很多钱或者突然中了乐透，那么两方面都可满足；既有钱且这种事非常罕见。

但我一直没捡到钱，乐透也没买。

第四天醒来时就好多了，起码想起自己还得找工作、寄履历。

打开计算机后，收到一封陌生的 E-mail，岳峰姑娘寄来的。

我跟岳峰的互动不多，算不上很熟，临走前她也没跟我要E-mail。

为什么写信给我呢？

看了看信件标题：想麻烦你一件事。

麻烦我什么事？做她的男朋友吗？

只怪我再怎么样也称得上是风度翩翩，岳峰会陷进去算是情有可原。

唉，我真是造孽啊。

打开了信，信里头写：

> 从暖暖那儿知道你的 E-mail，请告诉我，你学弟的
> E-mail，王克要的。
> 　　岳峰。
> 　　P.S. 顺道问你一声好。

有没有搞错？

寄信给我竟然只在"P.S."里问好，而且还是顺道。

我连回都不想回，直接把这封信转发给学弟。

然后我收拾起被岳峰姑娘戏弄的心，开始整理履历表。

除了早已准备好的学习经历及专长的表格外，我又写了简单的自传。

自传用手写，写在从北大买回来的信纸上。

在这电脑发达的时代，算得上是特别吧。或许可因此多吸引些目光。

我一共找了五家公司，自传写了五份。

写完后，连同表格，分别装进五个北大信封里，然后下楼

寄信。

三天后，我接到通知我面试的电话。

隔天我便盛装坐火车北上去面试。

果然一见面他就问我："为什么用北大的信封信纸？"

"我是北大校友。"我说，"北大这所学校的朋友，我在那里待过半天。"

他愣了一下，然后说："我念硕士班时做过一个研究：喜欢讲老梗冷笑话的人，上班特别认真。因为这种人没有异性缘，人际关系也不好，工作便成了唯一的寄托。"

我不知道这代表好还是不好，心里颇为忐忑。

"你什么时候可以来上班？"过了一会，他说。

"越快越好。"我说。

"那就下星期一开始。"

"没问题。"

我找到工作了，没什么特别兴奋的反应，好像只是完成一件该做的事。

后来又陆续接到两通电话，我都以找到工作为由回绝了。

反正对我这种专业的社会新鲜人而言，工作性质都是类似的。

我找好了新房子，准备北上就业。

收拾好一切，该打包的打包、该装箱的装箱、该留下的留下。

暖暖送的笔筒安稳地躺在随身的背袋里。

昨天已约好了搬家公司，他们一个小时后会到。

电脑最后才装箱，因为我打算再写一封 E-mail 给暖暖。

我信上写：

> 暖暖。
>
> 我找到工作了。
>
> 我得搬家，搬到新竹。（台湾只有新竹，没有旧竹。）
>
> 安顿好了，会把新的地址告诉你。
>
> 凉凉在台湾。

10

开始上班的日子很规律，也很正常。

以前当研究生的日子也叫规律，却不正常。

之所以叫规律是因为总是天亮说晚安、中午吃早餐；但那种日子不能叫正常吧。

我现在有两个室友——小曹和小何，都是男的。

每人一间房，共享客厅、厨房和浴室。

他们的工作性质和我类似，我们都在竹科上班。

我们这类人彼此间熟得快，只要一起打场连线电动就熟了。

我们三人专业背景相似、说话投机，连笑声都像突然被电到的猴子。

搬进来当天，我便重新组装好电脑，连上网，发了封E-mail给暖暖。

然后才开始将行李拆箱，整理房间。

没什么是不能适应的，孤身一人在哪儿落地，自然会生根。

每天七点半出门，八点进公司，原则上五点半下班，但我都会待到八点。

反正回家也通常是坐在电脑前，不如坐在公司速度比较快的电脑前。

试用期是三个月，但我两个礼拜后就进入正轨。

同事们相处也很融洽，不会出现电视剧里常演的办公室钩心斗角情节。

工程师不是靠嘴巴闯荡江湖，你肚子里有没有料，大家都心知肚明；而且通常那种特别厉害的工程师，都不太会讲话或是应酬。

偶有几个比较机车的人，但比例比学校中要少。

如果你在念大学，你应该能深刻体会大学里机车的老师还真不少。

公司里大部分都是男同事，难得出现的女同事通常负责会计、行政工作。

女同事们的外表看起来……

嗯，用委婉的话说，是属于不会让你分心的那种。

甚至会逼你更专注于工作。

小曹和小何的公司也有类似情形，小曹甚至说他的公司会严格筛选。

"如果找漂亮一点的女生进来，公司里那么多男工程师怎么专心？"

小曹说，"所以面试时，公司会严格筛选，专挑'恐龙'。"

我想想也有道理。

对我们这种人而言，电脑就是我们的爱人；而网络就是爱人的灵魂。

让我们疯掉很简单，网络断线就够了。

我们成天幻想未来另一半的样子，但不知道会在哪里遇见她。

只知道一定不会在公司里。

我们不会也不懂得搭讪，因为不善言辞；我们拙于表达，因为表达用的是文字而非程序语言。

我们很天真，因为计算机 0 与 1 的世界黑白分明，不像现实社会颜色纷乱。

我们常在网络上被骗，不是因为笨，也不是因为太容易相信人；而是因为渴望异性的心炽热到心甘情愿承受被骗的风险，即使这风险高达九成九。

但欺骗我们的感情就像欺骗父母双亡冬夜在小巷口卖花的小女孩一样，都叫没有人性。

但我和他们有一点不同。

那就是我曾遇见美好的女孩，她叫暖暖，她让我的生命发亮。

我不用幻想未来的另一半，因为我已经知道她的样子。

虽然我不知道是否能在一起，而且恐怕不能在一起的概率高得多，但起码我已不需要想象。

从这个角度来说，我的心是饱满的，很难再被塞进任何女生的倩影。

即使一个五星级美女嗲声嗲气、眼角放电、脸上挂着迷人的微笑跟我说："帅哥，帮我修电脑。好不好嘛，好不好嘛……"

我也能保持镇定，然后以零下十摄氏度的口吻说："没空。"

所以虽然看不到暖暖、听不到暖暖的声音，但暖暖始终在我心里。

我偶尔会发 E-mail 给暖暖，说些生活上的琐事。

然而对我这种无论何时何地走路一定靠右边的人而言，所谓的琐事既不琐也不多。

有次实在很想发 E-mail 给暖暖，却怎么样也找不到琐事，只好写：今天是连续第七天出太阳的日子。

暖暖回信说：辛苦您了。干脆说说你室友吧。

我的室友也没啥好说的，他们跟我一样枯燥乏味。

而某些比较特别或有趣的事，我也不方便跟暖暖说。

比方说，一天不打电动就活不下去的小曹，有天突然看起文学名著。

而且还是《红楼梦》。

我和小何大惊失色，因为这是典型的失恋症状。

"我今天逛进一个网站，上面写着日本 AV 女优的各项资料。没想到她们的兴趣栏里，竟然多数填的读书。"小曹说，"读书耶！AV 女优耶！像我这种血性男儿怎么可能不被激励呢？"

我和小何转身就走，完全不想理小曹。

还有一次，小何从浴室洗完澡出来，头发还梳得整整齐齐。

他用缓慢且慎重的步伐走近书桌抽屉，轻轻拉开，拿出一片光盘。

微微向光盘点头致敬，然后用颤抖的手放入光盘机里，神情非常肃穆。

"你在干吗？"我和小曹异口同声。

"我的女神。"小何用虔诚的口吻说，"高树玛利亚。"

"身为你的室友，我有义务纠正你这种错误的行为。"小曹高声说。

"哦?"小何转过头。

"所谓的女神……"小曹单膝跪地，双手合十，仰头向天，说："只有川岛和津实。"

然后他们两人吵了起来。

我的室友们是这样的人，我怎能跟暖暖启齿?

所以我还是只能尽量找出生活中的琐事告诉暖暖。

而且这些琐事最好跟小曹和小何无关。

随着我的工作量加大，回家时间也变晚。

这时才开始试着跟暖暖提到一些心情。

> 暖暖。
>
> 昨晚十点被 CALL 去公司改程序，凌晨两点回来。
>
> 突然觉得深夜的街景很陌生。
>
> 有些心慌，还有累。
>
> 凉凉在台湾。

没想到十分钟后就收到暖暖的回信。

> 凉凉。
>
> 人在江湖飘，哪能不挨刀。
>
> 工作压力大，难免有感触。

今早的太阳，总会照亮昨夜的黑。

暖暖在绥化。

绥化？

我立刻回信问暖暖，绥化是什么地方？

暖暖也立刻回信说，绥化是她老家。

她昨天回家，开学了再回北京。

我脑海里幻想着绥化的样子。

想起在什刹海旁，暖暖问我如果她在老家工作，我去不去找她？

那时也不知道是哪股冲动，我竟然说会。

绥化听起来应该是座大城市，如果真要去黑龙江找暖暖，应该不难吧。

我也跟徐驰和高亮通了几次信，他们刚从大学毕业，也顺利找到工作。

高亮没忘了他说过要带我去爬司马台长城；徐驰则不断交代：以后到北京，一定得通知他。

我相信这不是客套，便把这话记下了。

学弟还在念书，我们偶尔会通电话。

"学长。我跟你说一件事。"有次学弟打来。

"什么事？"

"我今天有打电话给王克哦。"学弟的声音很兴奋。

"哦。她还好吗？"

"不好。"

"她怎么了？"

"她接到我的电话，竟然喜极而泣呢。"

"……"

"学长，你知道什么叫喜极而泣吗？"

"知道。"

"喜——极——而——泣耶！"

"你是打电话来炫耀的吗？"

"不是向你炫耀，而是要刺激你。我知道你一定不敢打电话给暖暖。"

"你管我。"

"喜——极——而——泣啊！"

"喜你妈啦！"

我挂上电话，不想理他。

试用期过了，薪水也调高了些，我开始有了稳定的感觉。

有时甚至会有即将老死于此的感觉，不禁全身冒冷汗。

暖暖。

我工作稳定了。

但很怕因为稳定而失去活力，久了便成为雕像。

而且还是面无表情的雕像。

凉凉在台湾。

凉凉。

没听过有人嫌稳定。

难不成你想乱飘？

江湖求稳，乱飘易挨刀。

而且还没来北京找我前，你不会变雕像。

暖暖在北京。

时序进入秋季，我和小曹、小何开了辆车到谷关洗温泉。

途中经过天冷，我们停下车买冰棒吃。

那时我突然想起和暖暖在紫禁城神武门外吃冰棍的往事。

然后想起暖暖问我什么时候带她去暖暖，而我回答大约在冬季。

最后由"大约在冬季"想起离开北京前夕，我和暖暖在教室外的谈话。

"明朝即长路，惜取此时心。"

暖暖的声音仿佛在耳畔响起。

回忆依然如此清晰，并没有被时间弄淡。

在北京虽只八天，但每一天都在时间的坐标轴上留下深深的刻痕。

不管在生命中的哪些瞬间回头看，都能清楚地看见那些刻痕。

暖暖，我很想念你。

你知道吗？天冷的冰棒真的很好吃。

冬天悄悄来临，最先感受到的不是气温的降低，而是风势的加强。

新竹的强这么有名不是没道理的。

下班回家时，还被风吹得整个人摇摇晃晃。

打开信箱，发现一封用手写的，寄给我的信。

这实在太难得了，可以去买张乐透了。

自从网络和手机发达后，我已经几百年没收过手写的信了。

等电梯时，看了看寄件人地址——北京。

第一反应便是想到暖暖。

我赶紧离开电梯，走出门，在门口哇哇乱笑一阵、手舞足蹈一番，然后再走进门，来到电梯口。

不这样做的话，待会上楼万一太过兴奋，会被小曹和小何嘲笑。

"回来了。"走进家门，我淡淡地说。

"第三个宅男终于回来了。"小曹说。

"又是平凡的一天，路上半个正妹也没有。"我说。

"醒醒吧，阿宅。"小何说。

我强忍笑意，把信藏好，一步一步走向房间。

在快得内伤前终于进了房间，关上门，身子往后飞上床。

把信拆开，暖暖写了满满两张信纸。

暖暖说她课业很重，睡眠时间变少了，兴许很快就老了。

然后暖暖说了很多日常生活的琐事，也说她变瘦了。

她还说前几天买了些炸奶糕吃，知道我爱吃，可惜吃不着。

于是她将炸奶糕放进纸袋，用信纸包起来，经过七七四十九个小时，再把信纸拿来写信。

"你闻到炸奶糕的香味了吗？"

我闻了闻信纸，好像还真的可以闻出一股香味。

但我相信，这香味来自暖暖的心。

看到这里，我才突然发现，暖暖写的是繁体字。

想起在北京教汉字的老师说过，由繁入简易、由简入繁难。

暖暖写这封信时，一定花了很多心血吧。

信件最后，暖暖写下：

"北京就快下雪了，啥时候带我去暖暖？"

我有些难过，放下信纸，躺了下来。

暖暖，我相信你知道我想带你去，不管多困难。

我相信你知道的。

如果你在水里呼救，我的第一反应是立刻跳下水；然后在灭顶的瞬间，才想起我根本不会游泳。

即使跳水前我的第一反应是想起不会游泳，我还是会跳；因为我相信意志，相信它带来的力量。

但当你说想去暖暖，我的第一反应却是台湾海峡，那并不是光靠意志就可以横越，起码不是我的意志。

所以我无法答应你。

我躺了很久，不知道该如何回复暖暖。

最后还是硬着头皮、打起精神，走到书桌前坐下。

拿出繁简字对照表，把要写的字，一字一字写成简体字。

这可不像 E-mail，只要按个编码转换键，不管多少字瞬间就可转换繁简。

于是平常不到半个钟头可以写完的字，现在竟然要花三个多小时。

我告诉暖暖，前些日子在天冷吃冰棒时很想也让她吃上一根。

但如果我用信纸包住冰棒经过七七四十九个小时，信纸恐怕就毁了。

信件最后，我写下：

不管北京的雪下得多大，暖暖是不会下雪的。

我相信暖暖收到信后，一定会说我又耍赖。

但我如果不耍赖，又能如何？

我和暖暖不是推动时代洪流的领导者，只是被时代洪流推着走的平凡人。

在时代洪流中，我和暖暖既不知道目的地，也无法选择方向。

只能努力活着。

新的一年来到，离开北京也已过了半年。

时间流逝的速度远比薪水数字增加的速度快得多。

偶尔会惊觉时间流逝的迅速，便会开始思考人生的意义是什么，奋斗的目标又是什么。

但多数时候还是想起暖暖。

暖暖在做什么？过得好吗？

我经常会看徐驰寄来的相片档，那是一种依恋。

每当看见我和暖暖并肩在夕阳下喝酸奶的背影，总想起"纯粹"这字眼。

下次见到暖暖时，曾有的纯粹是否会变质？

我多么希望能长长久久，跟暖暖并肩坐着，悠闲地欣赏夕阳；但现实生活常是在夕阳下拖着上了一天班的疲惫身子回家。

暖暖，我还保有那份纯粹，我认为最重要的事是陪你看夕阳；但即使我死命抱住那份纯粹，拒绝放手，总会有那么一天，我认为最重要的事是赚了钱、升了职、买了房。

到那时，左右我心跳速率的，可能是股票的涨与跌；而非暖暖眼神的喜或悲。

暖暖，请给我力量，让我紧紧抱住那份纯粹。

在下次见到你之前。

凉凉。

什刹海结冰了。

我滑冰时堆了个雪人，挺像你的。

就差副眼镜。

你还是不会滑冰吗？来，我教你。

摔了不许哭。

哭了还是得摔。

暖暖在北京。

凉凉。

冰是不等人的。

春天到了，冰融了。

花要开了、草要长了、树要绿了。

暖暖要老一岁了。

而凉凉呢？

暖暖在北京。

凉凉。

热晕了。

酸奶喝了不少。

想起你也爱喝，但喝不着咋办？

我喝酸奶嘴酸，凉凉喝不着，会心酸吗？

想把牛奶给你寄去，你收到后兴许就变酸奶了。

暖暖在北京。

凉凉。

下星期要论文答辩了。

有些紧张。

你瞎说点啥呗。

你一瞎说，我就有精神了。

但别说狗戴了顶黄色假发就成了狮子之类的。

暖暖在北京。

凉凉。

我找到工作了。

你猜月薪是多少个！

说得明白点，我在北京工作了。

你说话那时可没风。

暖暖在北京。

转眼间离开北京也一年了。

暖暖，我说过如果你在北京工作，我就去北京找你。

我记得，不曾稍忘。

周星驰曾说：人如果没有梦想，那跟咸鱼有什么两样。

我之所以到现在还没变成咸鱼，是因为一直抱持着去北京找暖暖的梦想。

为了实现这个梦想，我得多存些钱、空出一段时间。

我已存了些钱；至于时间，人家都说时间像乳沟一样，挤一挤还是有的。

理论上梦想不难实现，但只要一想到暖暖也在工作，便却步。

总不能我大老远跑去北京，而暖暖正努力为生活奋斗，没有闲情逸致。

万一暖暖说了句：你来得不巧，正忙呢。

我恐怕会瞬间崩溃。

所以我还需要一股冲动，一股别想太多、去就对了的冲动。

平凡的日子终究还是会有不平凡的地方。

"公司想派你到苏州一趟，在那边的厂待三个多月。"主管说，"大概11月底或12月初就可以回台湾。你没问题吧？"

"没问题。"我连想都没想，"什么时候去？"

"下个星期。"主管说。

"不是明天吗？"我说。

主管有些惊讶，抬头看了看我。

只要可以离暖暖近些，梦想就更近了，更何况已横越最难的台湾海峡。

我连续几天下班后便整理行囊，要待三个多月，不能马虎。

问了小曹和小何想要些什么礼物。

"你拿相机到街上，拍些苏州美女的相片回来给我。"小何说。

"身为你的室友，我真是不齿你这种行为。"小曹高声斥责小何。

话说完小曹便低头在纸上写字，写完后把纸递给我，上面写着："曹董，你真是英俊潇洒、风度翩翩呀，真帅呀，我好崇拜你呀，我能不能唱首歌给你听呀（随便一首歌）。"

"这是干吗？"我指着那张纸。

"你没听过吴侬软语吗？"小曹说，"找个苏州姑娘照纸上写的念一遍，再唱一首歌。你把声音和歌录下来，带回来给我。"

"你太变态了！"小何大声说。

然后小曹和小何又吵了起来。

我把纸撕掉，不想理他们。

回到房间，打开电脑，连上线。

暖暖。

芭乐去医院看胆结石。

西瓜去医院看内出血。

香蕉去医院看脊椎侧弯。

嘿嘿，这叫瞎说。

人在江湖飘，飘啊飘的。

就飘过台湾海峡了。

这叫明说。

凉凉明天在苏州。

11

公司在苏州有家工厂，我这次和几个工程师一道来苏州。

大概是做些技术转移的工作。

我们在上海下了飞机，苏州那边来了辆车，把我们接到苏州。

厂方提供了宿舍，我们以后便住在这里。

我们这些台湾来的工程师，虽被戏称为台干，但他们总叫我们"老师"。

我知道在大陆的用语上，称人老师是表示一种尊敬。

但毕竟这辈子还没被人叫过老师，因此听起来总觉得不自在。

简单卸下行李，舒缓一下四肢后，我立刻拿起手机。

我已经在苏州了，这个理由足够让我打电话给暖暖。

"请问您认识北京第一大美女秦暖暖吗？"电话一接通，我说。

"呀？"电话那头的声音似乎吓了一跳，"我就是。请问您是哪位？"

我听出来了，是暖暖的声音没错。

"您声音这么好听，又是北京第一大美女，这还有王法吗？"
我说。

"凉凉？"暖暖的声音有些迟疑。

"请叫我凉凉老师。"我说。

"凉凉！"暖暖很兴奋，"真是你！"

我也很开心。

从没想过只是简单拨几个键，便会得到这么多快乐。

暖暖说她昨晚已收到我的 E-mail，原本想打电话给我，没
想到我先打了。

我告诉暖暖来苏州的目的以及停留的时间，暖暖说苏州很
美，别忘了逛。

"你来过苏州？"我问。

"我是听人说的。"

"又是听说。"

"我耳朵好。"暖暖笑了。

分离了一年多，我们都有很多话想说，但一时之间却无法整
理出顺序。

只好说些飞机坐了多长时间、飞机餐里有些什么、空乘小姐
应该是嫁了人生了好几个小孩而且最大的小孩已经念高中之类言
不及义的东西。

我们似乎只是纯粹享受听见对方声音的喜悦，享受那种纯粹，然后觉得彼此都还活着是件值得庆祝的事。

不知道为什么，跟暖暖说话的同时，我脑海里浮现出天坛回音壁的影像。

大概是因为我们现在都是对着手机说话、从手机听到回答，跟那时对着墙壁说话、从墙壁听到回答的感觉很像。

也想起那时把在心里流窜的声音——我喜欢你，轻声告诉暖暖的勇气。

虽然我知道暖暖一定没听见。

"暖暖。"我提高语调。

"嗯？"

"暖暖。"我降低语调。

"说呗。"

"这是声音高亢的暖暖和声音低沉的暖暖。"

"说啥呀。"

"嘿嘿，暖暖。"

"你到底想说啥？"

"这是加了嘿嘿的暖暖。"

"北七。"暖暖说。

暖暖并不知道，只要能单纯地开口叫着暖暖，就是一件幸福的事。

这通电话讲了半个多小时才结束。

挂上电话，我觉得嘴角有些酸。

大概是听暖暖说话时，我不知不觉保持着嘴角上扬的表情。

我打开行李箱，整理简单的日常生活用品，看一些厂方准备的资料。

毕竟我不是来玩的，得把该做的事做好。

在苏州的工作性质很单纯，甚至可说比在台湾工作轻松。

除了人在异地、人生地不熟所造成的些微困扰外，我适应得很好。

倒是下班时间不知该如何排遣，才是最大的问题。

同事们偶尔相约去 KTV 唱歌，KTV 里多数是台湾流行歌曲，我很熟悉。

但我唱歌难听，不好意思把自己的快乐建筑在别人的痛苦之上。

所以下班后，我常一个人窝在宿舍。

遇到假日时，我会到苏州市区走走。

曾听人说过，苏州是最像台北的都市。

台北我并不熟，不知道眼前的苏州市容到底像不像台北。

我想大概是因为在苏州的台湾人多，思乡之情殷切，才会有这种感觉。

但有一点类似，苏州的摩托车像台北一样多而且也任性。

虽然严格说来，苏州的摩托车多半其实是电动车。

记得我去年在北京时，街上可是一辆摩托车也没有。

经过繁华商业路段，耳畔响起《听海》这首歌，但唱的人并不是张惠妹。

"听儿……海哭的声音儿……"

哭的应该是张惠妹吧。

整体来说，这真的是座会让人联想到台湾的城市。

我并不会因此起了想家的念头。

不过有次在厂里遇见一个福州人，他用福建话跟我交谈。

除了腔调有些差异外，根本就是台湾话，我吓了一大跳。

事实上应该是我大惊小怪，台湾话就是闽南话，当然会跟福建话相似。

于是每当跟这位福州同事讲起福建话，我才开始想念起台湾的一切。

不过大多数的时间，我还是想起暖暖。

当我第一次想写 E-mail 给暖暖时，一看键盘上并没有注音符号，我的心便凉了半截。

在台湾中文字通常是靠注音符号打出来的，但简体字是靠汉语拼音。

偏偏台湾一直沿用通用拼音，汉语拼音我完全不懂。

才打了暖暖两个字（严格来说，是一个字），我就已经满头大汗。

只好向苏州同事求救，一字一字请他们教我怎么拼。

一百个中文字的 E-mail，他们帮了我八十八个字。

本想干脆用英文写，虽然我的英文程度勉强可以表达事情，但若要表达心情甚至是感情，味道可能会不对。

比方说"暖暖暖暖的问候温暖了凉凉凉凉的心"这句，翻成英文恐怕少了些意境。虽然这句话也几乎没什么意境可言。

所以每当要写 E-mail 给暖暖时，我总是请教苏州同事字的汉语拼音。

还好问的次数多了，渐渐摸出一些门道，自己尝试拼音，通常也拼得出来，只是要多试几次。

我也常想打电话给暖暖，但还是认为得找到特别的理由才能打电话。

暖暖在工作了，或许很忙，我不希望我的心血来潮打扰了她。

即使我知道再怎么忙碌暖暖也一定不会认为我的电话会打扰她。

但今天我又有足够特别的理由打电话给暖暖。

突然想起我的手机是台湾的号，用来打暖暖的手机电话费会很贵。

如果像上次一样一聊就半个钟头，每天来一通我就会破产。

我到街上买了张电话卡，直接在街边打公用电话，电话费就省多了。

"生日快乐！"暖暖一接起电话，我立刻说。

"凉凉？"暖暖说，"今天不是我生日呀。"

"不是吗？"我说。

"当然不是。你咋觉得我今天生日？"

"我也不知道为什么。只是觉得，如果你过生日却没人跟你说生日快乐，你会很可怜的。"

"凉凉。"

"嗯？"

"生日快乐。"暖暖说。

"你怎么知道我今天生日？"我很惊讶。

"就你那点心眼，我还会猜不出？"暖暖笑得很开心。

我跟暖暖说，既然是我生日，可不可以把电话卡讲完？

暖暖笑着说好。

在电话发出刺耳的一声哔提醒只剩最后几秒时，暖暖大声说：

"凉凉！生日快乐！"

我还没回话，电话便自动断了。

那时是秋末，深夜的苏州街头有些凉意。

暖暖的一句生日快乐，让我打心底觉得温暖。

"暖暖暖暖的问候温暖了凉凉凉凉的心"这句，如果有意境，就在这儿了。

我把那张用完的电话卡收好，当成是暖暖送我的生日礼物。

转眼间来到苏州快三个月了，再有两个礼拜便要离开。

暖暖的 E-mail 老是提到"江南园林甲天下，苏州园林甲江南"，催我一定得去看看，不看会后悔，后悔了还是得去。

找了个假日，跟另外几个台湾工程师一道去苏州古城区逛逛。

苏州建城已有千年历史，建城之初即水陆并行、河街相邻，现在依然。

难得的是古城区至今仍坐落于原址。

古城内五步遇小古，十步赏大古，偶尔还会遇见历史上名人的故居。

这里与我所待的满是新建筑的苏州市区大异其趣，也使得苏州新旧杂陈。

走在苏州古城区如果还能让你联想到台北，那么你应该去写科幻小说。

拙政园位于古城区东北，是苏州四大园林中最著名的。

园内以水为主，池边杨柳随风摇曳，回廊起伏、亭阁临水而筑；石桥像雨过天晴后横跨大地的一道绚丽彩虹。

全园景色自然，保持明代园林浑厚质朴的风格，具浓厚的江南水乡风光。

从一踏入古城区开始，街景和园林景观都让我有种似曾相识的感觉。

后来猛然惊觉，不就是颐和园的苏州街吗？

颐和园的苏州街原本即是仿苏州街景而造，即使规模和景观皆不如苏州园林，但仍然有些许苏州园林的神韵。

我想起和暖暖沿苏州街漫步的情景；也想起和暖暖坐在茶馆二楼，俯视小桥曲水，而苏州河水正缓缓流动；最后想起苏州街算字的老先生。

在台湾时，通常是让相片或脑中残留影像，勾起对暖暖的思念；而眼前是具体景物，不是平面而是立体的，我甚至能感觉暖暖正在身旁。

我发觉思念暖暖的心，远比我所想象的炽热。

我起了到北京找暖暖的念头。

但回台湾的机票已订，回去后也还有很多工作正等着我。

如果不从苏州向南回台湾，反而往北到北京，会不会太任性？

而且万一暖暖这阵子正忙得焦头烂额，岂不让她为难？

我反复思量，拿不定主意。

终于到了离开苏州的前夕，厂方为了慰劳我们这几个台湾工程师，特地派了辆车，载我们到杭州西湖游览，隔天再上飞机。

第一眼看见西湖时，便觉惊艳，深深被她的美吸引。

然而没隔多久，我竟联想起北大未名湖、颐和园昆明湖，甚至是什刹海。

我明明知道这些湖的美跟西湖的美是完全不一样的，但我还是不自觉想起跟暖暖在未名湖、昆明湖、什刹海旁的情景。

上了人力三轮车，准备环西湖而行。

车夫才踩了几圈，我又想起跟暖暖坐三轮车逛胡同的往事。

即使西湖十景是如此娇媚，仍然无法让我分心。

正确地说，我已分心在暖暖身上，无法静下心欣赏美景。

真可谓：眼前美景看不得，暖暖始终在心头。

连坐我身旁的台湾工程师，我都差点把他当成暖暖。

从西湖回到宿舍，整理好所有行李，上床后我竟然失眠了。

在台湾即使我也很想念暖暖，但从不曾因此失眠；没想到在离开北京快一年半时，我竟然人在苏州因暖暖而失眠。

思念有生命，因为它会长大；记忆无生命，因为它不会变老。

就像我对暖暖的思念与日俱增；而跟暖暖在一起时的记忆，即使日子再久，依然鲜明如昨日。

我要去北京找暖暖。

12

苏州到北京约一千三百七十九公里，晚上八点有班直达特快的火车，隔天早上七点二十分到北京，要坐十一个小时又二十分钟。

太久了。

我决定先跟同事搭厂里的车从苏州到上海，再从上海飞北京。

机票贵了点，但时间快多了。

反正钱再赚就有，时间可是一去不回头。

我退了上海飞香港再飞台湾的机票，改订上海飞北京的机票。

北京的饭店也订好了，有个苏州同事对北京很熟，我请他帮我订个房间。

同行的台湾工程师很讶异我不跟他们一道回台湾，纷纷问我发生什么事。

我把自己想象成面对大海的夕阳武士，深沉地说："为爱走天涯。"

就差眼前出现大海了。

我拜托他们回台湾后先帮我请几天假，然后他们飞台湾、我飞北京。

我打了通电话给徐驰，他一听我要到北京，便说要来机场接我。

"这样多不好意思。"我说。

"少来。"徐驰说，"你打电话给我，不就是希望我去机场接你吗？"

"嘿嘿。"我笑了笑。

然后我再打电话给暖暖。

"暖暖。"我说，"我离开苏州了，现在人在上海机场。"

"是吗？"暖暖说，"那祝你一路顺风。"

"暖暖。"我试着让自己的心跳和语调平稳，"这几天忙吗？"

"挺忙的。"暖暖说。

"哦。那你大概每天都抽不出一点时间吧。"

"是呀。我恨不得多生双手呢。"

"万一这时候刚好有个老朋友想见你一面，你一定很为难。"

"这没法子。只好跟他说：不巧，正忙呢。"

我的心瞬间坠落谷底，心摔得好痛，我说不出话来。

"快告诉我坐几点的飞机呗。"暖暖说。

"那已经没意义了。"我说。

"说啥呀，你不说我咋去接你？"

"啊？"我愣了愣，"这……"

"瞧你傻的，我当然去机场接你。"

"你知道我要到北京？"

"就你那点心眼，还想蒙我？"暖暖笑了。

"刚刚是逗你玩的。"暖暖的笑声还没停止。

"你这人贼坏。"

"你才坏呢。要来北京也不早说。"

心脏又重新跳动，我下意识拍了拍胸口。

我告诉暖暖坐几点的飞机、几点到北京，暖暖边听边笑，很开心的样子。

我也很开心，一下飞机就可以看见暖暖，比预期的幸福多了。

"暖暖。"我说，"我要去北京找你了。"

"嗯。我等你。"暖暖说。

拿着登机证，背上背袋，我要直奔暖暖身旁。

排队等候登机时，突然想起得跟徐驰说不用来接我了，匆忙拿出手机。

我告诉徐驰，暖暖要来接我，不麻烦他了。

"我了解。"徐驰笑得很暧昧，"嘿嘿。"

"我要登机了。"我说。

"甭管多晚，记得给我打电话。"徐驰说。

关掉手机，我登上飞机。

想闭上眼休息，但情绪亢奋很难平静。

时间缓缓流逝，飞机持续向北，离台湾越来越远，但离暖暖越来越近。

我的心跳与飞机距北京的距离成反比。

传来低沉的轰隆一声，飞机降落了，缓缓在跑道滑行，心跳达到极限。

夕阳武士拿起剑，不，拿起背袋，呼出一口长长的气，缓和心跳速率。

拖着行李箱缓缓前进，右手不自觉颤抖，行李箱有些左右摇晃。

暖暖不知道变成什么样。还是拥有跟以前一样的笑容吗？

很想激动地四处张望寻找暖暖，但那不是夕阳武士的风格。

我只能假装镇定，利用眼角余光扫射所有等候接机的人群的面孔。

然后我看到了暖暖。

感觉血液已沸腾，心脏也快从嘴里跳出来了。

只剩几步路而已，我得沉着、我得冷静、我得坚强。

我不能抛下行李箱，一面呼喊暖暖的名字一面张开双臂向她飞奔，因为我是夕阳武士。

暖暖脸上挂着浅浅的笑，双手拿了张白纸板举在胸前晃啊晃的，上头写了两个斗大的黑字：凉凉。

暖暖的头发也许长了些，但她的笑容跟相片或我记忆中的影像，几乎一模一样。

　　我甚至怀疑即使她的眉毛多长一根，我也能分辨出来。

　　我维持既定的步伐，沉稳地走到暖暖面前，停下脚步。

　　暖暖停止晃动手上的纸板。

　　"嘿，凉凉。"暖暖说。

　　"嗨，暖暖。"我说。

　　"走呗。"暖暖说。

　　我和暖暖并肩走着，双腿因兴奋而有些僵硬。

　　"干吗拿这牌子？"我问。

　　"怕你认不得我。"

　　"你化成灰我都认得。"

　　"这句不是这样用的。"暖暖笑了。

　　"在台湾就这么用。"我说。

　　"你也没变。你刚出来，我就认得了。"暖暖说。

　　"我还是一样潇洒吗？"我说。

　　"凉凉。"暖暖扑哧一笑，"记下来，这是你到北京讲的第一个笑话。"

　　"这牌子好酷。"我指了指暖暖手中的纸板。

　　"是呀。"暖暖笑了笑，"好多人瞧着我呢。"

　　"那是因为你漂亮。"

"这是你到北京讲的第一句实话。"暖暖又笑了,"记下来。"

一跨出机场大门,冷风一吹,我冷不防打了个喷嚏。

中文字真有意思,因为冷才会冷不防,所以不会叫热不防。

"你穿这样有些单薄。"暖暖说。

"我想苏州不会太冷,而且秋末冬初就回台湾,便没带厚一点的外套。"

"北京冷多了。现在才二度。"

"是梅开二度的二度吗?"

"是。"

"真巧。"我说,"我这次到北京,也算梅开二度。"

"凉凉。"

"我知道。这是我到北京讲的第一句浑话,我会记下来。"

走进停车场,暖暖先往左走了十几步,停下来,再回头往右走。

但走了几步后,又停下来,然后四处张望。

"怎么了?"我问。

"我忘了车停哪儿了。"暖暖说。

"啊?"我很惊讶,"忘了?"

"也不能说全忘,"暖暖右手在空中画了一圈,"大约在这区。"

暖暖的心胸很大,她所谓的"这区",起码两百辆车。

"是什么车型?车号多少?"我说,"我帮你找。"

"就四个轮子那种。"暖暖说。

"喂。"

"是单位的车，不是我的。"暖暖说，"车型不知道，车号我没记。"

"那你知道什么？"

"是白色的车。"

我看了看四周，白色车的比例虽然不高，但也有不少辆啊。

"这……"

"哎呀，我才不是犯迷糊，只是出门晚了，路上又堵车，我急呀，我怕你下了飞机见不着我，你会慌呀。我停好了车，立马冲进机场，只想早点看到你，哪还有心思记着车放哪儿。"

暖暖噼里啪啦说完，语气有些急，音调有些高。

从下飞机见到暖暖开始，总觉得这一切像是梦境，不太真实。

直到此刻，我才感受到暖暖的真实存在。

暖暖还是一样没方向感，还是一样总让人觉得心头暖暖的。

从台湾到苏州、苏州到北京，穿越了三千公里，我终于又看到暖暖了。

这不是做梦。

"嘿嘿。"我笑了笑。

"你笑啥？"暖暖似乎有些脸红。

"没事。"我说，"我们一起找吧。如果找不到，就一辈子待在这儿。"

"别瞎说。"

我和暖暖一辆一辆找，二十分钟后，暖暖才从车窗上的识别证认出车来。

但这辆白色车的位置，并不在暖暖刚刚用手画的"这区"。

"我上个月才刚拿到驾照，拿你来试试，行不？"一上车，暖暖便说。

"这是我的荣幸。"我说。

离开首都机场，车子开上机场高速，两旁桦树的树叶几乎都已掉光。

但树干洁白挺立，枝条柔软，迎风摇曳时姿态柔媚，像是含羞的美人。

"你住哪个饭店？"暖暖问。

"我忘了。"我说。

"忘了？"暖暖很惊讶。

"哎呀，我才不是犯迷糊，只是突然决定不回台湾，急着要来北京找你，但下了飞机你找不到车，我又担心你会慌啊，哪还有心思记着住哪儿。"

暖暖笑个不停，好不容易止住笑，说："凉凉。"

"是。"

"你住哪个饭店？"

"王府井的台湾饭店。"我说。

"那地方我知道。"

"真的知道？"

"别小看我。"暖暖说。

"找不到也没关系，顶多我就睡车上。"

"不会走丢的。"暖暖笑了笑。

天渐渐黑了，天空开始下起雨，不算大也不算小。

外头应该很冷，但车内有暖气而且还有暖暖，暖和得很。

我和暖暖在车上闲聊，扯东扯西、天南地北，东西南北都说了。

天完全黑了，在灯光照射下，我清楚地看见雨的线条。

可能是错觉，我发觉雨在高空较细，接近地面时变粗，速度也变慢。

"二环路又堵车了。"暖暖说。

"反正我们已经见面了。"我说，"堵到天荒地老也没关系。"

车子完全停下来了，暖暖转头朝着我苦笑。

"如果你想到车轮碾着的，是元大都的古城墙，会有啥感觉？"暖暖说。

我一时说不上来，有句成语叫沧海桑田，好像勉强可以形容。

车子终于下了二环路，很快便抵达台湾饭店。

雨停了，我看见车窗上被雨刷扫过的边缘有些闪亮，好奇便靠近细看。

那似乎是凝结的小冰珠，我用手指轻轻刮起一块，确实是碎冰没错。

难道刚刚天空中下的，不完全是雨？

"待会兴许会下雪。"暖暖说。

"你是说寒冷的冬天时，下的那种东西？"

"是呀。"

"从天空飘落的，白白的那种东西？"

"是呀。"

"可以堆雪人、丢雪球的那种东西？"

"是呀。"

"那是雪耶！"我几乎失声大叫。

暖暖不想理我，手指比了比饭店门口。

我拖着行李箱、背着背袋，在饭店柜台办完 check in 手续。

暖暖想看看房间长啥样，便陪着我坐上电梯。

"这房间还可以。"暖暖进房后，四处看了看后，说。

"哇。"我说，"这里虽然是三星级饭店，却提供五星级水果。"

"啥五星级水果？"暖暖很疑惑。

"杨桃。"我说。

"呀？"

我拿起水果刀，切出一片杨桃，指着桌上的"☆"，说：
"这不就是星星吗？"

暖暖又好气又好笑，说："那也才一颗星。"

我咻咻咻咻又四刀，说："这样就五颗星了，所以是五星级水果。"

"你是要继续瞎说，"暖暖说，"还是下楼吃饭？"

台湾饭店在王府井街口附近，直走王府井大街再右转就到天安门。

我和暖暖走在王府井大街，天更冷了，我不禁缩着脖子。

"我明天带条围巾给你。"暖暖说。

然后暖暖带我走进东来顺涮羊肉，说："这种天吃涮羊肉最好了。"

店内满满的人，我们在一小角落坐下，隔壁桌坐了一对外国老夫妇。

炭火锅的汤头很清淡，浅浅一层水里藏了些许白菜。

我们点了牛肉和羊肉，还有两个烧饼、两瓶酸枣汁，没点菜。

暖暖说咱们就专心涮着肉吃。

羊肉切得又薄又软，涮了几下就熟，入口即化。

特制的佐料让羊肉滋味更香甜，不自觉吃了又涮、涮了又吃。

若觉得嘴里有些腻，喝口酸枣汁后，又会重新充满战斗力。

暖暖问我，她有没有什么地方变了。

我说除了变得更漂亮外，其余的都没变。

暖暖说我瞎说的毛病没改，倒是走路的样子似乎更沉稳了。

"那是因为冷。"我笑了笑，"脚冻僵了。"

瞥见隔壁桌外国老夫妇笨拙地拿着筷子涮羊肉，我和暖暖偷偷地笑。

老先生突然拿起烧饼，似乎也想放进锅里涮。

"No！"我和暖暖异口同声叫着。

老先生吓了一跳，拿着烧饼的右手僵在半空。

"你英文行吗？"我问暖暖。

"嘿嘿。"暖暖笑了笑。

"那就是不行的意思。"

我说完迅速起身，走到隔壁桌。

"Don't think too much，just eat it。"我说。

老先生愣了愣，收回右手，再试探性的把烧饼拿到嘴边。

"Very good。"我说。

老先生咬了烧饼一口，脸上露出微笑，用蹩脚的中文说："谢谢。"

"Nothing。"我微微一笑，点点头。

我回座后，暖暖问："你刚说啥？"

"别想太多，吃就对了。"我回答。

"那最后的 Nothing 是？"

"他既然说谢谢，我当然说没事。"

"你碰到老外竟也瞎说？"暖暖睁大眼睛。

"他听得懂，不是吗？"我说。

暖暖看着我一会，忍不住笑了起来。

我也笑了，没想到瞎说一番，老外也听得懂。

这顿饭吃得又暖又饱，我和暖暖的脸上尽是满足的笑。

付账时，暖暖作势掏钱，我急忙制止。

"凉凉。"暖暖说，"别跟我争。"

"你知道吗？"我说，"台湾有个传统，如果第一次和女生单独吃饭却让女生付钱，男生会倒霉三个月。"

"又瞎说。"

"你可以不相信啊，反正倒霉的人是我。"

"你说真格的吗？"暖暖停止掏钱。

"我先付完再说。"

我付完账，才走了两步，暖暖又问："台湾那传统，是真格的吗？"

我笑了笑，刚推开店门，然后想回答这个问题时，却说不出话来。

因为外面原本黑色的世界突然变白了。

树上、地上都积了一些白，而天空中正飘落白白的东西。

"莫非……"我口齿不清，"难道……"

"下雪了。"暖暖说。

难怪人家都说雪花雪花，雪真的像一朵朵小花一样，慢慢飘落下来。

我在毫无预警的情况下，见到人生第一场雪。

"暖暖。"我还是不敢置信，问："真的是雪吗？"

"嗯。"暖暖点点头。

"这就叫下雪吗？"我的声音颤抖着。

"凉凉。"暖暖笑了笑，"下雪了。"

我再也无法克制自己，拔腿冲进雪地，双手大开手心朝上，仰头向天。

脸上和手心细细冰凉的触感告诉我，这真的是雪。

"哇！"

我大叫一声，然后稀里哗啦一阵乱笑，快疯了。

"暖暖。"我说，"下雪了耶！"

"别冻着了！"暖暖说。

"今天我见到了暖暖，又第一次看到雪，好比突然被告知得了诺贝尔奖，然后下楼买彩票，结果又中了第一特奖。暖暖，我这个人比较爱虚名、比较不爱金钱，所以暖暖，你是诺贝尔奖。"

我有些语无伦次，但还是拼命说着话。

"凉凉。"暖暖只是微笑，"别冻着了。"

这一年半来，我抱持着总有一天会再见到暖暖的希望，努力生活着。

我努力保持自己的纯粹，也努力思念着暖暖，我真的很努力。

天可怜见，今天终于又让我见到暖暖。

在漫天飞雪里，我再也无法维持夕阳武士的矜持。

我突然眼角湿润，分不出是雪还是泪。

13

我在雪地里站了许久，暖暖才推了推我，说："快回饭店，会冻着的。"

回程的路上，雪持续下着，街景染上白，树也白了头。

我想尝尝雪的味道，便仰起头张开嘴巴，伸出舌头。

"哎呀，别丢人了。"暖暖笑着说，"像条狗似的。"

"我记得去年一起逛小吃一条街时，你也这么说过我。"我说。

"是呀。"暖暖说，"你一点也没变。"

"不，我变了。"我说，"从小狗长成大狗了。"

暖暖简单笑了笑，没多说什么。

暖暖还得把车开回单位去，然后再回家。

"明天中午，我来找你吃饭。"暖暖一上车便说。

"所以是明天见？"我说，"而不是再见？"

"当然是明天见。"暖暖笑了笑，便开车走了。

简单一句明天见，让我从车子起动笑到车子消失于视线。

我进了饭店房间，打开落地窗，搬了张椅子到小阳台。

泡了杯热茶，靠躺在椅子上，欣赏雪景。

之前从没见过雪，也不知道这样的雪是大还是小。

突然有股吟诗的冲动，不禁开口吟出："雪落……"

只吟了两字便停，因为接不下去。四下一看，还好没人。

我果然不是诗人的材料，遇见难得的美景也无法成诗。

想起该给徐驰打个电话，便拨了通电话给徐驰。

徐驰说二十分钟到，在饭店大堂等我，见了面再说。

二十分钟后我下了楼，一出电梯便看见徐驰坐在大堂的沙发椅上。

"老蔡！"徐驰站起身，张开双臂，"来，抱一个。"

唉，如果这句话由暖暖口中说出，那该有多好。

跟徐驰来个热情的拥抱后，他说："晚来天欲雪，能饮一杯无？"

"一杯可以。"我笑了笑，"两杯就醉了。"

徐驰在饭店门口叫辆出租车，我们直奔什刹海的荷花市场。

我和暖暖去年夏日午后曾在湖畔漫步，但现在是冬夜，而且还是雪夜。

片片雪花缓缓洒在什刹海上，没有半点声响，也不留下丝毫痕迹。

想起昨天在杭州西湖游览时，总听人说：晴西湖不如雨西湖；雨西湖不如夜西湖；夜西湖不如雪西湖。那么雪夜的西湖一定最美吧？

而什刹海是否也是如此？

荷花市场古色古香的牌坊，孤傲地立在缤纷的霓虹灯之间；充满异国情调的酒吧，在满是古老中国风的湖畔开业，人声鼎沸。

客人多半是老外，来此体验中国风味，又可享受时髦的夜生活。

北京这千岁老头，筋骨是否受得了这折腾？

徐驰一坐下来，便滔滔不绝讲起自身的事。

我们一边喝酒，一边聊起过去、现在，以及将来。

我发觉徐驰的衣着和口吻都变成熟了，人看起来也变得老成。

"差点忘了。"徐驰突然说，"高亮今天到武汉出差去了，临走前交代我跟你说声抱歉，只得下回再带你爬司马台长城了。"

说完便从包里拿出三张照片放在桌上，然后说："高亮给你的。"

这三张照片其实是同一张，只是有大、中、小三种尺寸。

大的几乎有海报大小；中的约十英寸宽；小的只约半个巴掌大。

都是暖暖在八达岭长城北七楼所留下的影像。

暖暖笔直站着，双手各比个 V，脸上尽是灿烂的笑。

"高亮说了，大的贴墙上，中的摆桌上，小的放皮夹里。"徐驰笑了笑。

高亮的相机和技术都很好，暖暖的神韵跃然纸上。

我满是惊喜并充满感激。

"来。"徐驰说，"咱们哥俩为高亮喝一杯。"

"一杯哪够？"我说，"起码得三杯。"

"行！"徐驰拍拍胸口，"就三杯！"

我立刻将小张照片收进皮夹，再小心翼翼卷好大张照片，轻轻绑好。

中的则先放我座位旁，陪我坐着。

又跟徐驰喝了一会后，我发觉他已满脸通红、眼神迷蒙，大概醉了。

想起他明天还得上班，便问："驰哥，你家住哪儿？"

"我家住在黄土高坡，大风从坡上刮过，不管是西北风还是东南风，都是我的歌我的歌……"

徐驰高声唱着歌。

我心想徐驰应该醉翻了，又试一次："你在北京住哪儿？"
"我家住在黄土高坡，日头从坡上走过，照着我窑洞晒着我
的胳膊，还有我的牛跟着我……"
徐驰还是高声唱着歌。

我扶起徐驰，叫了辆出租车送我们回台湾饭店。
徐驰早就醉得不省人事，只得将他拖上我的房间，扔在
床上。
简单洗个热水澡，洗完走出浴室时，徐驰已鼾声大作。
看了看表，已快凌晨一点，摇了摇徐驰，一点反应也没有。
反正是张双人床，今晚就跟徐驰一起睡吧。

打了通电话给饭店柜台，请他们早上六点半 morning call。
昨天在杭州西湖边，晚上回苏州，今早应该从苏州到上海
再回台湾；没想到因为一念之差，现在却躺在北京的饭店床上。
回想这段时间内的奔波与心情转折，疲惫感迅速蔓延全身，
便沉沉睡去。

六点半 morning call 的电话声同时吵醒我和徐驰。
徐驰见和我一起躺在床上，先是大惊，随即想起昨夜的事，
便哈哈大笑。
他简单漱洗后，便急着上班。

"还是那句老话。"徐驰说,"以后到北京,一定得通知我。"

说完又跟我来个热情的拥抱。

徐驰刚打开门,又回头说:"老蔡,加油。"

我知道徐驰话里的意思,便点点头表示收到。

徐驰走后,我继续睡。

做了个奇怪的梦,梦里出现一个山头,清军的大炮正往山下猛轰;炮台左右两旁各趴着一列民兵,拿着枪瞄准射击。

而山下有十几队法军正往山上进攻。

我和暖暖在山头漫步,经过清军炮台,我告诉暖暖:"这里就是暖暖。"

"你终究还是带我来暖暖了。"暖暖笑得很灿烂。

炮声隆隆中,隐约传来尖锐的铃声。

好像是拍战争片的现场突然响起手机铃声,于是导演气得大叫:"卡!"

我被这铃声吵醒,花了几秒钟才意识到应该是门铃声。

我迷迷糊糊走到门边,打开房门。

"还在睡?"暖暖说,"都快中午了。"

我全身的细胞瞬间清醒,法军也被打跑了。

"啊?"我嘴巴张得好大,"这……"

"你是让我站在这儿,"暖暖笑了笑,"还是在楼下大堂等你?"

我赶紧把门拉开,暖暖进来后直接坐在沙发上。

我开始后悔,现在正是兵荒马乱,暖暖会看笑话的。

"慢慢来。"暖暖说,"别急。"

我脸一红,赶紧冲进浴室,三分钟内把该做的事搞定。

没被暖暖瞧见胸部肌肉和腿部线条,真是好险。

"走吧。"我说。

"你就穿这样出门?"暖暖说,"外头可是零度。"

在室内暖气房待久了,一时忘了现在是北京的冬天。

赶紧套了件毛衣,拿起外套,暖暖这才起身。

进了电梯,凑巧遇见昨晚在东来顺的外国老夫妇。

老先生跟我们打声招呼后,问:"Honeymoon?"

"Just lover。"我说。

"Friend!"暖暖急着否认,"We are just friends!"

老夫妇笑了,我也笑了,只有暖暖跺着脚。

一出电梯,暖暖递过来一样东西,说:"给。"

我接过来,发现是条深灰色的围巾。

"外头冷。"暖暖说,"待会出去先围上。"

围上围巾走出饭店,突然想起今天还是上班的日子。

"暖暖。"我说,"如果你忙,我可以理解的。"

暖暖停下脚步,转头看着我说:"难道你现在放假吗?"

我愣了愣,没有答话。

"走呗。"暖暖笑了笑。

跟暖暖并肩走了几步，心里还是担心会误了暖暖上班的事。

"凉凉。"暖暖又停下脚步，"当我心情不好时，就希望有个巨大滤网，将自己身上烦恼呀忧愁呀等负面情绪彻底给滤掉，只剩纯粹的我。"

说完后暖暖便用手在面前先画了个大方框，再画许多条交叉的线。

"这么大的网，够两个人用了。"暖暖说，"咱们一起跳。"

我点了点头，暖暖数一、二、三，我们便一起纵身飞越暖暖画下的网。

暖暖笑得很开心，我也笑了。

上了暖暖的车，还是那辆单位的白色车。

雪虽然停了，但街景像伍子胥过昭关——一夜之间白了头。

仿古建筑的屋瓦上积了厚厚的雪，树枝上、地上也是，到处都是。

北京变得好洁白，充满清新和宁静的美。

但路上行人匆匆，没人停下脚步赞叹。

"暖暖。"我终于忍不住了，"可以停下车吗？"

暖暖靠边刚停下车，我立刻打开车门，跑进一块空旷的雪地。

我蹲下身双手各抓了一把雪，感觉肩膀有些颤抖。

"咋了？"暖暖在我身后问。

我转过身，向她摊开双手，笑了笑说："是雪耶！"

暖暖露出无奈的表情。

我开始在雪地里翻滚，越滚越开心。

"别丢人了，快起来！"暖暖说。

我停止滚动，躺了下来，雪地柔柔软软的，好舒服。

"把你扔这儿不管你了！"暖暖又说。

我双手又各抓了一把雪，站起身走到暖暖面前，摊开手说："是雪耶！"

暖暖不知道是该生气还是该笑，只说了声："喂。"

"让我在雪地里游个泳吧。"我说完便趴下身。

"会冻着的！"暖暖很紧张，伸出手想拉我时，脚下一滑，摔坐在雪地上。

"你也想玩了吗？"我捏了个小雪球，往暖暖身上一丢，雪花四溅。

暖暖试着站起身，但又滑了一跤，脸上一红，说："快拉我起来。"

"先等等。"我说，"我要在雪地上写个'爽'字。"

"凉凉！"

我伸出右手拉起暖暖，暖暖起身拍了拍身上的雪，顺便瞪我一眼后，突然蹲下身捏个雪球然后往我身上丢。

"还来吗？"暖暖说。

"你是女生，我再让你五颗雪球。"我说。

"好。"暖暖又蹲下身，一捏好雪球便用力朝我身上砸。

砰砰砰砰连四声，我维持站立的姿势，像个微笑的雕像。

暖暖停止捏雪球，拍掉手上的雪，理了理头发和衣服。

"怎么停了？"我问。

"因为你让我五颗。"暖暖笑着说，"所以我就只丢四颗。"

"啊？"我张大嘴巴。

暖暖笑得很开心，走过来帮我拍掉衣服上和头发上的雪。

"如果被别人瞧见，还以为咱们俩疯了。"暖暖说。

"对我来说，看见雪不疯一疯，那才叫真疯。"我说。

"呀？"

"你一定不懂像我这种长在热带地方的人，看见雪的心情。"

"现在理解了。"暖暖笑了笑。

我又坐了下来，暖暖不再阻止我，我索性躺在柔软的雪地上。

"去年你说大约在冬季，是因为想来看雪吗？"暖暖问。

"不。"我说，"那是因为大的约会要在冬季。"

"啥？"

"就是大约在冬季的意思。"

暖暖愣了愣，随即醒悟，说："所以小约在夏季、中约在秋季啰？"

"我很欣慰。"我笑了笑，"你终于跟得上我的幽默感了。"

"瞎说。"暖暖轻轻哼了一声。

我凝视一会天空，转头瞥见站着的暖暖正看着我。

"别躺了，会冻着的。"暖暖催促着，"快起来。"

"不躺在地上，怎能看见北京清澈的天？"我说。

"哟，狗嘴吐出象牙来了。"暖暖笑了。

"嘿嘿。"我笑了笑。

"今年的第一场雪挺大的，很多树都压折了。"暖暖说。

"树下有蛇吗？"我很疑惑，"不然怎么会压蛇？"

暖暖捡起一根小树枝，蹲下身在雪地写下："折"。

我看见"折"，便问："这个字可以念蛇的音？"

"北京都这么说。"暖暖耸耸肩，"蛇没事，倒是树下的车子遭了殃。"

"差点忘了一件重要的事。"我迅速起身，拿了刚刚暖暖写字的树枝。

"忘了啥？"暖暖问。

我用树枝在"折"的旁边，写了一个"爽"字。

"喂。"暖暖瞪我一眼。

我意犹未尽，又在雪地写下：凉凉。写完后将树枝递给暖暖。

暖暖看了我一眼，笑了笑，便在凉凉旁边写下：暖暖。

"你也来拿着。"暖暖说，"咱们一起闭着眼睛，写下四个字。"

我和暖暖的右手抓着那根树枝，闭上眼，一笔一画在雪地上写字。

有时感觉是暖暖带着我，有时仿佛是我带着她，但笔画并没有因而中断。

写完后睁眼一看，雪地出现明显的四个字：都在北京。

"还好这四个字没有简繁之分，都一样。"我说。

"是呀。"暖暖说。

"原先我以为你想写天长地久呢。"我说。

"你想得美。"暖暖瞪了我一眼。

"难道是生生世世？"

"凉凉。"

"是。"我说，"我闭嘴。"

我又躺了下来，暖暖也静静坐在我身旁。

"暖暖。"我说，"见到你真好。"

暖暖笑了笑，没说什么。

"如果我一直重复这句话，请你要原谅我。"

"行。"暖暖说，"我会原谅你。"

"饿了吗？"暖暖说。

"嗯。"我说。

"吃午饭呗。"暖暖说。

我正准备起身，突然脸上一凉，原来暖暖抓了一把雪丢在我脸上。

呸呸吐出口中的雪，擦了擦眼镜，站起身，暖暖已回到车上。

上了车，暖暖还咯咯笑个不停。

我说我的脸冻僵了，暖暖说这样挺好，省得我继续瞎说。

没多久便下了车，走了几步，看到"全聚德"的招牌。

我想起去年逛完大栅栏在街口等车时，暖暖说下次我来北京要请我吃。

"暖暖。"我说，"你竟然还记得。"

"那当然。"暖暖扬了扬眉毛。

在全聚德当然要吃烤鸭，难不成要点炸鸡吗？

除了烤鸭外，我们也点了一些特色鸭菜，另外为避免油腻也点了些青菜。

上烤鸭时，师父还特地到桌旁片鸭肉，挺过瘾的。

我把早餐和午餐的分量同时吃，暖暖见我胃口好，说全聚德是挂炉烤鸭，另外还有便宜坊的焖炉烤鸭，有机会也可以去尝尝不同的风味。

这顿饭和昨晚一样，我又吃了十分饱。

借口要去洗手间，我偷偷把账付了。

"凉凉。"暖暖的语气有些埋怨，"你咋又抢着付钱了？"

"暖暖。"我说，"台湾有个传统，如果第二次和女生单独吃饭却让女生付钱，男生会倒霉两个月。"

暖暖愣了愣，随即笑着说："原来你昨晚还是瞎说。"

走出全聚德，大栅栏就在斜对面。

"去走走呗。"暖暖开口。

"嗯。"我点点头。

大栅栏并没改变多少，倒是多了些贩卖廉价服饰的商店。

去年我和暖暖在这里曾有的纯粹还在，这让我们似乎都松了口气。

来回各走了一趟后，我们又坐在同仁堂前休息。

暖暖的手机响起，我起身走到十步外，暖暖讲电话时不时抬头看着我。

挂上电话后，我发觉暖暖皱了皱眉。

"怎么了？"我走回暖暖身旁。

"领导叫我去访几个人。"暖暖语气有些抱怨，"我早跟他说了，这些天尽量别叫我，有事就叫别人。"

"领导怎么说？"

"领导说了，你就是别人、别人就是你。"

"好深奥哦。"

"是呀。"

暖暖陷入沉思，似乎很为难。

"暖暖。"我说，"如果不妨碍你工作的话，我可以陪你去吗？"

暖暖有些惊讶，转头看了看我。

"我想你应该觉得不陪我说不过去，但误了工作也麻烦，所以如果我陪你一起去应该是一举两得。"我说，"当然这得在不妨碍你的前提下。"

"我就知道你会这么说。"暖暖眉间舒展,"当然不妨碍。"

"那就让我当跟屁虫吧。"我笑了笑。

"太好了。"暖暖笑了,"但我得叫人多买张火车票。"

"火车票?"我很好奇,"不是在北京吗?我们要去哪儿?"

"哈尔滨呀。"暖暖说。

"哈……哈……"我有些结巴,"哈尔滨?"

"是哈尔滨,不是哈哈哈尔滨。"暖暖笑得很开心,"就一个哈。"

我愣在当地,久久说不出话来。

北京到哈尔滨约一千二百四十八公里,晚上八点半有一班直达特快的火车,隔天早上七点五分到哈尔滨,要坐十小时三十五分钟。

暖暖先叫人买了两张软卧下铺的票,然后我们回饭店,上楼整理好行李。

退了今明两晚的房间,改订后天晚上的房间,把行李箱寄放在饭店一楼。

走出饭店,暖暖看了我一眼,说:"得给你买双手套。"

"不用了。"我说,"我把双手插进口袋就好。"

"嗯。"暖暖点点头,"皮制的比较御寒。"

"双手放在口袋,跟放进手套的意义一样。"我说。

"哪种皮呢?"暖暖歪着头想了一会,"就小羊皮呗。"

"别浪费钱买手套。"我说。

"就这么着。"暖暖笑了笑，"在王府井大街上买。"

"……"

暖暖根本没在听我说话。

暖暖在王府井大街上帮我挑了双小羊皮手套。

这次她学乖了，付钱的动作干净利落，没给我任何机会。

"你还需要顶帽子。"暖暖说。

"别再花钱了。"我说。

"放心。"暖暖说，"我有两顶。"

我和暖暖先回暖暖住处，我在楼下等她。

暖暖收拾好要出远门的私人用品后便下楼，给了我一顶黑色的毛线帽。

然后我们到暖暖工作的地方，暖暖让我坐在沙发上等她，并交代："别乱说话。"

"什么叫乱说话？"我问。

"比方说，如果人家问起你和我是啥关系，你可别说我是你爱人。"

"哦，我明白了。"我说，"不能说你是我爱人，要说我是你爱人。"

"决定了。"暖暖说，"你一句话也不许说。"

只见暖暖东奔西跑，整理资料、准备器材，又跑去跟领导讨论些事情。

"可以走了。"暖暖终于忙完了,"你有乱说话吗?"

"我听你的话,一句话也没说。"我说。

"那就好。"暖暖笑了笑。

"结果人家都说暖暖的爱人真可怜,是个哑巴。"

"你……"

走出暖暖工作的大楼,天色已黑了。

离坐火车还有一些时间,正打算先吃点东西,恰巧发现烤羊肉串的摊子。

我和暖暖各买了五根羊肉串,像一对贫贱夫妻般站在路边吃。

手机正好在此时响起,看了一眼来电显示,是学弟。

"学长,出来吃饭吧。"学弟说。

"我在北京耶。"我说。

"真的吗?"学弟很惊讶。

"嗯。"我说。

"去参加暖暖的婚礼吗?"学弟哇哈哈一阵乱笑。

"喂。"

"那没事了,记得帮我向王克问好,顺便看她过得好不好。"

"王克嫁人了。"

"你少来。"

"不信的话,我叫王克跟你讲电话。"

我把手机拿给暖暖。

"我是王克。"暖暖捏着鼻子说,"我嫁人了。"
暖暖说完后,努力憋着笑,把手机还我。
学弟在电话那端哇哇乱叫不可能,这太残忍了。
"我和暖暖跟你开个玩笑而已。"我边笑边说。
"这种玩笑会死人的。"
"好啦。就这样。"

挂上电话,我和暖暖互看一眼,便同时大笑了起来。
"暖暖。"我说,"见到你真好。"
"我原谅你。"暖暖又笑了。

坐上出租车,我和暖暖直奔北京火车站。
车站好大,人潮非常拥挤,暖暖带着我绕来绕去才走进
月台。
台湾的铁路轨道是窄轨,这里的轨道宽一些,应该是标
准轨。
上了火车,找到我们的包厢,拉开门一看,左右各上下两层
床铺。
门的对面是一整块玻璃窗,窗前有张小桌子。
门的上方有一个可放置大型行李的空间。

我和暖暖在左右两边的下铺坐了下来,两人膝盖间的距离不

到一人宽。

一对中年夫妇拖着一个笨重的行李箱走进来，先生先爬到上铺，我在下面托高行李箱，先生接住，把它放进门上的空间。

"谢谢。"他说。

"没事。"我说。

服务员也进来了，说了声晚上好，给我们每人一包东西便离开。

里头有纸拖鞋、牙刷牙膏肥皂、沾水后便可揉成毛巾的块状物，还有一小包花生米。

我和暖暖把鞋脱了，换上纸拖鞋，坐在下铺吃花生米。

床上有个十英寸左右的液晶屏，可收看几个频道，但收视效果不怎么好。

折腾了一下午，现在终于可以喘口气，甚至有开始旅行的感觉。

低沉的"砰隆"一声，火车启动了，我和暖暖都笑了。

问了暖暖软卧硬卧的差别，是否在于床铺的软与硬。

暖暖说床铺没差多少，但硬卧包厢内左右各上中下三层，一间有六个人。

"咱们去吃饭呗。"暖暖站起身。

"嗯。"我也站起身。

我们穿过几节车厢来到餐车，火车行驶很平稳，一路走来没什么摇晃。

餐车内很多人，我和暖暖找了个位子坐下，叫了两碗面。

位子很小，我和暖暖面对面吃面（这时用简体字就很酷，连续三个面），中途还不小心撞到对方的头，惹得我们哈哈大笑。

"台湾这时还有传统吗？"面吃完后，暖暖说。

"台湾有个传统，如果第三次和女生单独吃饭却让女生付钱，男生会倒霉一个月。"我说。

"那第四次呢？"

"第四次就换女生倒霉了。"

暖暖说就这三次，下次别再抢着付钱了。

我点点头，付了面钱。

走回包厢，窗外一片漆黑，没有半点光亮。

常听说东北的黑土地，但现在看来什么都是黑的。

暖暖拿出一副扑克牌，笑着说："来玩桥牌。"

我很惊讶，仔细打量着暖暖的神情，看不出异样。

"咋了？"暖暖很疑惑。

"没事。"我说，"来玩吧。"

双人桥又叫蜜月桥，我以为这应该是大家都知道的。

原本这就是新婚夫妇度蜜月时打发时间的游戏。

而且还有个规矩，输了得脱一件衣服。

这样打完了牌，双方衣服也脱得差不多，上床睡觉就方便多了。

也可避免新婚夫妇要脱衣上床一起睡觉时的尴尬。

暖暖应该是不晓得这规矩，我一面打牌一面犹豫该不该告诉她。

没想到暖暖牌技精湛，我竟然连输十几把。

真要脱的话，我早就脱得精光，连自尊也脱掉了。

还好没说，还好。

上铺的中年夫妇睡了，暖暖把包厢的灯熄了。

整个世界变成一片黑暗，窗外也是。

只有火车轮子轧着铁轨所发出的声音，规律而细碎。

在黑暗中我看着暖暖的脸庞，有些梦幻，有些朦胧。

我们压低音量说话，暖暖的声音又轻又细，像从遥远的地方传来。

暖暖说明天还得忙一整天，先睡呗。

我调了手机闹钟，怕睡过头醒来时就到西伯利亚了。

暖暖说这班车直达哈尔滨，火车一停就表示哈尔滨到了，不会再往北开。

"万一真到了西伯利亚，我也在呀。"暖暖说。

"嗯。"我说，"那么西伯利亚就有春天了。"

暖暖抿着嘴轻轻笑着，眼睛闪闪亮亮，像夜空中的星星。

我躺了下来，闭上眼睛，暖暖应该也躺下了。

"凉凉。"暖暖说。

"嗯?"

"真抱歉,拉着你到遥远的哈尔滨。"

"哈尔滨不远,心的距离才远。"

"那你猜我正在想啥。"

"你一定在想明天得赶紧把事办完,然后带我逛逛。"

"还有呢?"

"你也在想要带我逛哪里。"

"还有呢?"

"我衣服穿得少,你担心我会冻着。"

"都让你说中了。"暖暖又笑了。

"那你猜我正在想什么?"我说。

"你肯定在想,到了西伯利亚咋跟俄罗斯姑娘聊天。"

"你好厉害。"我笑了笑,"还有呢?"

"兴许你觉得正在做梦。"暖暖说。

我很惊讶,不自觉睁开眼睛,像夜半突然醒过来只看见黑。

"凉凉。"

"嗯?"

"你不是在做梦,我还活着,而且就在你身旁。"暖暖说,"不信你伸出手摸摸。"

我右手向右伸出,手臂在黑暗中缓缓摸索,终于碰触暖暖的手心。

234

暖暖轻轻握住我的手。

"是温的吗？"暖暖问。

"嗯。"

然后手背传来些微刺痛，我猜是暖暖用指甲掐了一下我的手背。

"会痛吗？"暖暖问。

"嗯。"

"所以你不是在做梦，我还活着，而且就在你身旁。"

暖暖又说了一次。

我有些驿动的心，缓缓安定，像进了港下了锚的船。

"暖暖。"我在黑暗中说，"见到你真好。"

"我原谅你。"暖暖在黑暗中回答。

14

尖锐的铃声把我拉离梦境，但我还不想离开梦中的雪地。

"凉凉，起床了。"

感觉右手臂被摇晃，睁开眼看见暖暖，我吓得坐直了身。

"咋了？"暖暖问。

脑袋空白了几秒，终于想起我在火车上，而且暖暖在身旁。

"嘿嘿。"我笑了笑。

拿着牙刷牙膏毛巾，才刚走出包厢，冷冽的空气让我完全清醒。

还好盥洗室有热水，如果只有冷水，洗完脸后我的脸就变成冰雕了。

漱洗完后回到包厢，把鞋子穿上，检查一下有没有忘了带的东西。

理了理衣服，背上背包，我和暖暖下了火车。

"终于到了你口中的哈哈哈尔滨了。"暖暖说，"有何感想？"

"北京冷，哈尔滨更冷，连暖暖说的笑话都比台湾冷。"我牙齿打战，"总之就是一个冷字。"

"还不快把围巾和毛线帽戴上。"

我把围巾围上，但毛线帽因为没戴过，所以怎么戴都觉得怪。

暖暖帮我把毛线帽往下拉了拉，再调整一下，然后轻拍一下我的头。

"行了。"暖暖笑了。

准备坐上出租车，手刚接触金属质门把手，啪的一声，我的手迅速抽回。

"天气冷。"暖暖笑着说，"静电特强。"

"这样日子也未免过得太惊险了吧。"我说。

"电久了，就习惯了。"暖暖说。

暖暖说以前头发长，有次搭出租车时发梢扫到门把，毕毕剥剥一阵乱响。

"还看到火花呢。"暖暖笑了笑。

我说这样真好,头发电久了就卷了,可省下一笔烫头发的钱。

坐上出租车,透过车窗欣赏哈尔滨的早晨,天空是清澈的蓝。

哈尔滨不愧"东方莫斯科"的称号,市容有股浓厚的俄罗斯风味,街头也常见屋顶尖斜像"合"字的俄罗斯式建筑。

我和暖暖在一家狗不理包子吃早饭,这是天津狗不理包子的加盟店。

热腾腾的包子皮薄味美,再加上绿豆粥的香甜,全身开始觉得暖和。

哈尔滨的商家几乎都是早上八点营业、晚上七点打烊,这在台湾实在难以想象。

我和暖暖来到一家像是茶馆的店,进门前暖暖交代:"待会碰面的人姓齐,咱们要称呼他……"

"齐瓦哥医生。"我打断她。

"哈尔滨已经够冷的了,千万别说冷笑话。"暖暖笑了笑。

"而且齐瓦哥医生在内地改姓了,叫日瓦戈医生。"

"你自己还不是讲冷笑话。"我说。

"总之要称呼他齐老师,而不是齐医生。"

我点点头便想推开店门,但接触门把手的瞬间,又被电得哇哇叫。

去过暖暖工作的地方，知道大概是出版社或杂志社之类的，但没细问。

因此暖暖与齐老师对谈的语言与内容，不会让我觉得枯燥。

若我和暖暖角色互调，我谈工作她陪我，我猜她听不到十分钟就会昏睡。

为了不单纯只做个装饰品，我会在笔记本上涂涂鸦，假装忙碌；偶尔也点头说些您说得对、说得真好、有道理之类的话。

与齐老师访谈结束后，我们来到一栋像是六十年代建筑的楼房。

这次碰面的是个五十岁左右的大婶，"姓安。"暖暖说。

"莫非是安娜·卡列尼娜？"我说，"哈尔滨真的很俄罗斯耶。"

"凉凉。"暖暖淡淡地说。

"是。"我说，"要称呼她为安老师。"

"嗯。"暖暖又笑了，"而且安娜·卡列尼娜应该是姓卡才对。"

离开安老师住所，刚过中午十二点。

暖暖有些急，因为下个约似乎会迟到。

叫了辆出租车，我急着打开车门时又被电了一次。

下了车，抬头一看，招牌上写着"波特曼西餐厅"。

还好门把是木制的，不然再电下去我就会像周星驰一样，学会电角神拳。

"手套戴着呗。"暖暖说，"就不会电着了。"

"为什么现在才说？"

"因为我想看你被电呀。"暖暖笑着说。

我想想自己也真够笨，打算以后手套就戴着，进屋内再拿掉。

暖暖很快走到一个年约四十岁的中年男子桌旁，说了声抱歉、来晚了。

他笑了笑说没事，便示意我们坐下再说。

"从学生时代便喜欢您的作品，今天很荣幸能见您一面。"暖暖说，"钱锺书说得不错，喜欢吃鸡蛋，但不用去看看下蛋的鸡长得如何。"

他哈哈大笑，"有些人还是不见的好。"

嗯，他应该是个很好相处的人。

打量了一下这家俄式餐厅，天花板有幅古欧洲地图，还悬挂着水晶吊灯。

鹅黄色的灯光并不刺眼，反而令人觉得舒服与温暖。

雕花的桌架，窗户的彩色玻璃，红木吧台和走廊，刻了岁月痕迹的烛台，大大的啤酒桶窝在角落，墙上摆了许多酒瓶，素雅壁面挂了几幅老照片。

音响流泻出的，是小提琴和钢琴的旋律，轻柔而优雅。

这是寒冷城市里的一个温暖角落。

暖暖点了俄式猪肉饼、罐烧羊肉、红菜汤、大马哈鱼子酱等俄罗斯菜，还点了三杯红酒。

　　"红酒？"我轻声在暖暖耳边说，"这不像是你的风格。"

　　"让你喝的。"暖暖也轻声在我耳边说，"喝点酒暖暖身子。"

　　"你的名字还可以当动词用。"我说，"真令人羡慕。"

　　暖暖瞄了我一眼，我便知道要闭嘴。

　　这里的俄罗斯菜道不道地我不知道，但是好吃，价钱也不贵。

　　红酒据说是店家自酿的，酒味略浅，香甜而不苦涩，有种独特的味道。

　　餐厅内弥漫温暖的气氛，顾客脸上也都有一种淡淡的、看似幸福的笑容。

　　暖暖和那位中年男子边吃边谈，我专心吃饭和喝酒，三人都有事做。

　　当我打算拿出餐巾纸擦擦满足的嘴角时，发现包着餐巾纸的纸袋外面，印着一首诗。

　　　　秋天我回到波特曼

　　　　在那首老情歌的末尾

　　　　想起你特有的固执

　　　　从我信赖地把你当作一件风衣

　　　　直到你缩小成电话簿里

一个遥远的号码这期间
我的坚强夜夜被思念偷袭

你的信皱皱巴巴的
像你总被微笑淹没的额头
我把它对准烛光
轻轻地撕开

当一枚戒指掉进红酒杯
我的幸福
已夺眶而出

"当一枚戒指掉进红酒杯，我的幸福已夺眶而出。"中年男
子说。

我抬起头看了看他，我猜他应该是跟我说话，便点了点头。

"这首诗给你的感觉如何？"他问。

"嗯……"我沉吟一下，"虽然看似得到幸福，却有一股哀伤
的感觉。"

"是吗？"他又问，"那你觉得写诗的人是男的还是女的？"

"字面上像是描述一位终于得到爱情的女性，但我认为写诗
的人是男的，搞不好就是这家餐厅老板，而且他一定失去了所爱
的人。"我说。

"挺有趣的。"他笑了笑，"说来听听。"

"也许老板失去挚爱后，写下情诗、自酿红酒，让顾客们在喝红酒时，心中便期待得到幸福。"我说，"男生才有这种胸襟。"

"那女的呢？"

"女的失去挚爱后，还是会快快乐乐地嫁别人。"我说。

"瞎说！"暖暖开了口。

一时忘了暖暖在身旁，我朝暖暖打了个哈哈。

"你的想象力很丰富。"他说。

我有些不好意思，简单笑了笑。

暖暖起身上洗手间。他等暖暖走后，说："很多姑娘会把心爱的男人拐到这儿来喝杯红酒。"

"就为了那首诗？"我说。

"嗯。"他点点头，"你知道吗？秦小姐原先并非跟我约在这儿。"

"哦？"我有些好奇。

"我猜她是因为你，才改约在这里。"

"你的想象力也很丰富。"我说。

暖暖从洗手间回来后，他说："合同带了吗？"

"带了。"暖暖有些惊讶，从包里拿出合同。

"我赶紧签了。"他笑着说，"你们才有时间好好逛逛哈尔滨。"

暖暖将合同递给他，他只看了几眼，便利落地签上名。

"那首诗给我的感觉，也是哀伤。"他站起身，抖了抖衣角，说，"戒指并非藏在信里，而是拿在手上。将戒指投进红酒杯时，夺眶而出的不是幸福，而是自己的泪。"

他说了声再见后，便离开波特曼。

"我不在时，你们说了啥？"暖暖问。

"这是男人之间的秘密。"我摇摇头，"不能告诉女人。"

走出波特曼，冷风扑面，我呼出一口长长的白气，却觉得通体舒畅。

经过一座西式马车铜雕塑，看见一条又长又宽的大街道，这是中央大街。

中央大街始建于1898年，旧称中国大街，但其实一点也不中国。

全长一千四百五十米，宽度超过二十米，两旁都是欧式及仿欧式建筑，汇集文艺复兴、巴洛克、歌德、拜占庭、折中主义、新艺术运动等建筑。

建筑多姿多彩，红色系、绿色系、黄色系、粉色系、灰色系都有。

整条大街像是一条建筑艺术长廊，有着骄傲的气质和浪漫的气氛。

地上铺着花岗岩地砖，因为年代已超过一百年，路面呈现些微高低起伏。

这些花岗岩长十八厘米、宽十厘米、高近半米，一块一块深深嵌入地面，铺出一条长长的石路。每块花岗岩约等于当时一个中国百姓一个月的生活费。

全黑的街灯柱子为烛台样式，烛台上没插蜡烛，而是用毛玻璃灯盏，像极了十九世纪欧洲街道上的路灯。

恍惚间听见嗒嗒的马蹄声，下意识回头望，以为突然来了辆马车。

脑里浮现电影《战争与和平》中，从马车走下来的奥黛丽·赫本。

今天是星期六，这里是步行街，汽车不能进来，不知道马车可不可以。

街上出现人潮，女孩们的鞋跟踩着石砖，发出清脆的声响。

哈尔滨女孩身材高，腰杆总是挺直，眉目之间有股英气，感觉很酷。

如果跟她们搭讪时说话不得体，应该会被打成重伤吧。

二十岁左右的俄罗斯女孩也不少，她们多半穿着合身的皮衣，曲线窈窕。

雪白的脸蛋透着红，金色发丝从皮帽边缘探出，一路叽叽喳喳跑跑跳跳，像是雪地里的精灵。

但眼前这些美丽苗条的俄罗斯女孩，往往三十岁刚过，身材便开始臃肿，而且一肿就不回头。

难怪俄罗斯出了很多大文豪，因为他们比世界上其他地区的人，更容易领悟到美丽只是瞬间的道理。

"说啥呀。"暖暖说。

"嘿嘿。"我笑了笑。

"你觉得东北姑娘跟江南姑娘比起来，如何？"暖暖问。

"我没去过江南啊。"我说。

"你不是待过苏州？"

"苏州算江南吗？"

"废话。"暖暖说。

江南女子说话时眼波流转，温柔娇媚，身材婀娜，就像水边低垂的杨柳；东北女子自信挺拔，肤色白皙眉目如画，像首都机场高速路旁的白桦树。

"但她们都是丽字辈的。"我说，"江南女孩秀丽，东北女孩俏丽。"

"所以我是白桦？"暖暖说。

"嗯？"

"你忘了吗？"暖暖说，"我也是东北姑娘呀。"

"你是女神等级，无法用凡间的事物来比拟。"

"我偏要你比一比。"暖暖说。

"如果硬要形容，那么你是像杨柳的白桦。"我说。

五个俄罗斯女孩走近我们，用简单的英文请我帮她们拍张照。

我接过她们的相机，转头对着暖暖叹口气说："长得帅就有这种困扰。"

背景是四个拉小提琴的女孩雕塑，一立三坐，身材修长窈窕，神韵生动。

我拍完后，也请其中一个女孩帮我和暖暖拍张照，并递给她暖暖的相机。

我和暖暖双手都比了个V。

拿着在这条街上拍的照片，你可向人炫耀到过欧洲，他们绝对无法分辨。

唯一的破绽大概是店家招牌上的中文字。

"您真行。"拍完后，暖暖说，"尽挑最靓的俄罗斯姑娘。"

"我是用心良苦。"我说。

"咋个用心良苦法？"

"那俄罗斯女孩恐怕是这条街上最漂亮的，她大概也这么觉得。"我说，"但这里是中国地方，怎能容许金发碧眼妞在此撒野。所以我让她拍你，让她体会强中自有强中手、一山还有一山高的道理。你没看到她按快门的手因为羞愧而颤抖吗？"

"瞎说。"暖暖哼了一声。

暖暖白皙的脸蛋冻得红红的，毛线帽下的黑色发丝，轻轻拂过脸庞。

在我眼里，暖暖是这条街上最美丽的女孩。

暖暖才是雪地里的精灵。

到了圣索菲亚教堂，这是某地区最大的东正教教堂。

教堂由暗红色的砖砌成，拱形窗户嵌着彩色石英玻璃。

平面呈不等臂"十"字形，中间为墨绿色形状像洋葱头的拜占庭式穹顶；前后左右为墨绿色俄罗斯帐篷式尖顶，穹顶和尖顶上都有金色十字架。

清澈的蓝天下，成群白鸽在教堂前广场上飞舞。

暖暖双手左右平伸，还真有两只白鸽停在她手臂上，暖暖咯咯笑着。

我说冬天别玩这游戏，暖暖问为什么。

"鸽子大便和雪一样，都是白色的，分不出来。"我说。

暖暖瞪了我一眼后，便将手放下。

经过一栋颜色是淡粉红色的三层楼建筑，招牌上写着马迭尔宾馆。

暖暖说别看这建筑不太起眼，百年前可是东北数一数二的宾馆，接待过溥仪、宋庆龄等名人。

"冷吗？"暖暖突然问。

"有点。"我说，"不过还好。"

"那么吃根冰棍呗。"

"喂。"我说，"开玩笑吗？"

"这叫以毒攻毒。"暖暖笑了笑，"吃了兴许就不冷了。"

"那叫雪上加霜吧。"我说。

暖暖不理会我，拉着我走到马迭尔宾馆旁，地上摆了好几个纸箱。

我看了一眼便吓一大跳，那些都是冰棒啊。

后来才恍然大悟，现在温度是零下，而且搞不好比冰箱冷冻库还冷，冰棒自然直接放户外就行。

暖暖买了两根冰棒，递了一根给我。

咬了一口，身体没想象中会突然发冷，甚至还有种爽快的感觉。

但吃到一半时，身体还是不自觉地发抖了一会。

"我就想看你猛打哆嗦。"暖暖笑得很开心。

吃完冰棒后，暖暖说进屋去暖和暖和，我们便走进俄罗斯商城。

里头摆满各式各样俄罗斯商品，店员也作俄罗斯装束。

但音乐却是刀郎的《喀什噶尔胡杨》，让人有些错乱。

我买了个俄罗斯套娃，好几年前这东西在台湾曾莫名其妙流行过。

走出俄罗斯商城，远远看见一座喷水池。

原以为没什么，但走近一看，喷出的水珠迅速在池子里凝结成冰，形成喷水成冰的奇景。

马迭尔宾馆斜对面便是教育书店，建筑两面临街，大门开在转角。

建筑有五层，外观是素白色，屋顶是深红色文艺复兴式穹顶。

大门上两尊一层楼高的大理石人像、两层楼高的科林斯壁柱从三到四层、窗台上精细的浮雕、半圆形与花萼形状的阳台，这是典型的巴洛克建筑。

我和暖暖走进书店，这是雅字辈地方，建筑典雅、浮雕古雅、氛围高雅，于是我只能附庸风雅，优雅地翻着书。

"我是不是温文儒雅？"我问暖暖。

暖暖又像听到五颗星笑话般笑着。

离开教育书店，我和暖暖继续沿街走着。

街上偶见的铜雕塑，便是我们稍稍驻足的地方。

我问暖暖为什么对哈尔滨那么熟。

"因为常来呀。"暖暖说。

"为什么会常来？"

"我老家在绥化，就在哈尔滨东北方一百多公里，坐火车才一个多钟头。"

"原来如此。"我说。

"对了。"暖暖说，"我昨晚给父亲打了电话，他要我有空便回家。"

"回家很好。"我说。

"我父亲准备来个下马威，两坛老酒，一人一坛。"

"你和你父亲很久没见面，是该一人一坛。"

"是你和我父亲一人一坛！"

"啊？"我张大嘴巴。

"吓唬你的。"暖暖笑了，"你放心，晚上还得赶回北京呢。"

暖暖带我走进一家面包店，一进门便闻到一股浓郁的香味。

一堆脸盆大小的面包摆满架上，形状像吐司，据说每个有四斤重。

暖暖说俄语面包的发音近似列巴，因此哈尔滨人把这种面包叫大列巴。

大列巴由酒花酵母发酵而成，因此香味特浓，而且闻起来还有一点点酸。

我抱了一个大列巴，才七块人民币。

暖暖说大列巴在冬天可存放一个月。

"从北京到绥化多远？"我问暖暖。

"一千四百公里左右。"

"那么每天走四十几公里，走一个月就可以到绥化了。"

"干啥用走的？"

"如果下起超级大雪，飞机不飞、火车不开，我就用走的。"

"说啥呀。"

"去找你啊。"我说，"我可以扛着几个大列巴，在严冬中走一个月。"

"你已经不怕东北虎跟黑熊了吗？"

"怕还是得去啊。"

暖暖笑了，似乎也想起去年夏天在什刹海旁的情景。

"绥化有些金代古迹，你来的话，我带你去瞧瞧。"暖暖说。

"金代？"

"嗯。"暖暖说，"有金代城墙遗址、金兀术屯粮处、金兀术妹之墓。"

"那我就不去了。"我说。

"呀？"

"我在岳飞灵前发过誓，这辈子跟金兀术势不两立。"

"瞎说。"暖暖瞪我一眼，"岳飞墓在杭州西湖边，你又没去过。"

"我去过啊。"我说，"离开苏州前一天，我就在西湖边。"

暖暖睁大眼睛，似乎难以置信。

"那时看到岳飞写的'还我河山'，真是感触良多。"我说。

"原来你还真去过。"

"绥化既然是金兀术的地盘，那就……"我叹口气，"真是为难啊。"

"你少无聊。"暖暖说。

"暖暖。"我说，"精忠报国的我，能否请你还我河山？"

暖暖看了我一眼，扑哧笑了出来，说："行，还你。"

"这样我就可以去绥化了。"我笑了笑。

暖暖并不知道，即使我在岳王庙，仍是想着她。

"西湖美吗？"过了一会，暖暖问。

"很美。"我说。

"有多美？"

"跟你在伯仲之间。"我说，"不过西湖毕竟太有名，所以你委屈一点，让西湖为伯、你为仲。"

"你不瞎说会死吗？"

"嗯。"我说，"我得了一种不瞎说就会死的病。"

说说笑笑间，我和暖暖已走到中央大街北端，松花江防洪纪念塔广场。

这个广场是为纪念哈尔滨人民在1957年成功抵挡特大洪水而建。

防洪纪念塔高十三米，塔身是圆柱体，周围有半圆形古罗马式回廊。

塔身底部有十一个半圆形水池，其水位即为1957年洪水的最高水位。

在纪念塔下远眺松花江，两岸虽已冰雪覆盖，但江中仍有水流。

暖暖说大约再过几天，松花江江面就会完全结冰。

"对岸就是太阳岛，一年一度的雪博会就在那里举行。"暖暖说，"用的就是松花江的冰，而且松花江上也会凿出一个冰雪大世界。"

我们在回廊边坐下，这里是江边，又是空旷地方，而且还有风。

才坐不到五分钟，我终于深刻体会哈尔滨的冬天。

一个字，冷。

"这里……好像……"我的牙齿打得凶。

"再走走呗。"暖暖笑了。

暖暖说旁边就是斯大林公园，可以走走。

"台湾的翻译是史达林，不是斯大林。"我说。

暖暖简单哦了一声，似乎已经习惯两岸对同一个人事物用不同的说法。

"我冻僵了。"暖暖的双颊依旧冻得发红，睫毛上似乎有一串串光影流转的小冰珠。

"暖暖！"我吓了一跳，用手轻拍暖暖的脸颊，"你真的冻僵了吗？"

"说啥呀。"

暖暖似乎也吓了一跳，而双颊的红，晕满了整个脸庞。

"你的睫毛……"我手指着暖暖的眼睛。

"哦。"暖暖恍然大悟，"天冷，睫毛结上了霜，没事。"

"吓死我了。"我拍了拍胸口。

"那我把它擦了。"暖暖说完便举起右手。

"别擦。"我说，"这样很美。"

暖暖右手停在半空，然后再缓缓放下。

我们不约而同停下脚步，单纯感受哈尔滨的冬天。

天色渐渐暗了，温度应该降得更低，不过我分不出来。

我感觉脸部肌肉好像失去知觉，快成冰雕了。

"暖暖。"我说话有些艰难，"帮我看看，我是不是冻僵了？"

"没事。"暖暖看了我一眼，"春天一到，就好了。"

"喂。"我说。

"吃点东西呗。"暖暖笑了笑。

我们走到附近餐馆，各叫了碗热腾腾的猪肉炖粉条。

肉汤的味道都炖进粉里头，吃了一口，奇香无比。

我的脸部又恢复弹性，不仅可以自然说话，搞不好还可以绕口令。

吃完后走出餐馆，天完全黑了。

但中央大街却成了一道黄色光廊。

中央大街两旁仿十九世纪欧洲的街灯都亮了，浓黄色的光照亮了石砖。

踏着石砖缓缓走着，像走进电影里的十九世纪场景。

具有代表性的建筑也打上了投射灯，由下往上，因此虽亮却不刺眼。

这些投射灯光以黄色为主，局部地方以蓝色、红色与绿色灯光加强。

虽然白天刚走过这条大街，但此刻却有完全不一样的风景。

日间的喧哗没留下痕迹，取而代之的是一派金碧辉煌。

我相信夜晚的哈尔滨更冷，但却有一种温暖的美。

我竟然有些伤感，因为即将离开美丽的哈尔滨。

走回圣索菲亚教堂，暗红色的砖已变成亮黄，窗户的玻璃透着翠绿。

"暖暖，好美哦。"我情不自禁发出赞叹。

"是呀。"暖暖说。

"我刚讲的句子，拿掉逗号也成立。"我说。

暖暖没说什么，只是浅浅笑了笑。

我和暖暖坐在阶梯上，静静感受哈尔滨最后的温柔。

哈尔滨的冬天确实很冷，但我心里却开满了春天的花朵。

15

晚上八点三十二分的火车从哈尔滨出发，隔天早上七点七分到北京，还是要坐十小时三十五分钟。

跟北京到哈尔滨的情况几乎一样，就差那两分钟。

为什么不同样是八点半开而是八点三十二分开，我实在百思不解。

但幸好多这两分，因为我和暖暖贪玩，到月台时已是八点半了。

回程的车票早已买好，仍然是软卧下铺的位置。

这次同包厢的是两个来哈尔滨玩的北京女孩，像刚从大学毕业没多久。

就是那种穿上高跟鞋还不太会走路的年纪，通常这种年纪的女孩最迷人。

她们很热情，主动跟暖暖闲聊两句，暖暖还告诉她们我是从台湾来的。

两个女孩，一高一瘦，竟然同时从上铺迅速爬下，来到我面前。

"我还没亲眼见过台湾人呢，得仔细瞧瞧。"高的女孩说。

"说句话来听听。"瘦的女孩说。

"你好。"我说。

"讲长一点的句子呗。"高的女孩说。

"冷，好冷，哈尔滨实在是冷。"我说。

她们两人哇哇一阵乱笑，车顶快被掀开了。

"别笑了。"我说，"人家会以为我们这里发生凶杀案。"

她们俩笑声更大了，异口同声说："台湾人讲话挺有趣的。"

这两个女孩应该刚度过一个愉快的哈尔滨之旅，情绪依然亢奋。

叽叽喳喳说个没完，还拿出扑克牌邀我和暖暖一起玩。

暖暖将大列巴切片，四个人分着吃，才吃了三分之一就饱了。

大列巴吃起来有些硬，口味微酸，但香味浓郁。

好不容易她们安静下来，我走出包厢外透透气。

火车持续发出规律而低沉的咚隆声，驶向北京。

天一亮就到北京了，而我再在北京待一天后，就得回台湾。

突然袭来的现实让我心一沉，凋谢了心里盛开的花。

耽误了几天的工作可以补救回来，但回去后得面对无穷无尽的思念。

又该如何补救？

"在想啥？"暖暖也走出包厢。

"没事。"我说。

暖暖看了我一眼，问："啥时候的飞机？"

"后天早上十点多。"我也看了暖暖一眼。

然后我们便沉默了。

"暖暖。"我打破沉默，"我想问你一个深奥的问题。"

"问呗。"暖暖说。

"你日子过得好吗？"

"这问题确实深奥。"暖暖笑了笑，"日子过得还行。你呢？"

"我的日子过得一成不变，有些老套。"我说。

"大部分人的人生都是老套呀，又有多少人的人生是新鲜的呢？"暖暖说。

"有道理。"我笑了笑。

暖暖突然从包里拿出一张纸，说："你瞧。"

我看了一眼，便知道这是去年在苏州街算字时所写的字。

"怎么会在你这儿？"我问。

"那时老先生给我后，一直想拿给你，却忘了。"暖暖又拿出白纸和笔，"你再写一次。老先生说了，兴许字会变。"

我在车厢里找了个平整的地方，再写了一次台南城隍庙的对联。

"你的字有些不一样了。"暖暖对比两张纸上的字，说，"比方这个'我'字，钩笔画不再尖锐，反而像条弧线。"

我也看了看，发觉确实如此。这大概意味着我世故了或者圆滑了。

进入职场一年半，我已经懂得要称赞主管领带的样式和颜色了。

暖暖也再写一次成都武侯祠的对联，我发觉暖暖的字几乎没变。

至于排列与横竖，我和暖暖横竖的排列没变，字的排列也直。

我依然有内在的束缚，暖暖始终缺乏勇气。

我和暖暖像是万福阁，先让迈达拉巨佛立好，然后迁就巨佛而建成；从没绞尽脑汁想过该如何改变环境、把巨佛摆进万福阁里。

"面对未来，你有什么打算？"我问。

"就过日子呗，要打算啥？"

"说得也是。"我说，"但有时想想，这样好像太过平凡。"

"就让别人去追逐不平凡。"暖暖笑说，"当多数人是不平凡时，不平凡就成了平凡，而平凡就成了不平凡。"

"你看得很开。"我说。

"只能如此了。"暖暖说。

关于分隔两岸的现实，我和暖暖似乎都想做些什么，但却不能改变什么。

"我们好像小欣跟阿丽这两个女孩的故事。"我说。

"小欣跟阿丽？"暖暖很疑惑。

"嗯。"我说，"小欣买了一条鱼，但阿丽不想煮。"

"然后呢？"

"没有然后了。"

"呀？"

"这就是欣有鱼而丽不煮。"

暖暖睁大眼睛，脸上表情像是犹豫该生气还是该笑，最后决定笑了。

"凉凉。"暖暖说，"没想到我竟然能容忍你这么久。"

"辛苦你了。"我说。

"如果将来某天，我们再见面时，你一定要告诉我，你曾在哈尔滨往北京的火车上，说了一个五颗星的冷笑话。"

"我会的。"我说，"而且还会再奉上另一个五颗星冷笑话。"

"这是约定哦。"暖暖笑了笑。

"嗯。"我点点头。

我和暖暖对未来没有规划、没有打算，但却抱着某种期望。

我和暖暖走回包厢，灯光已暗，那两个北京女孩应该睡着了。

暖暖轻轻说声晚安，我们便各自躺回属于自己的下铺。

我闭上眼睛，开始倒带来北京后这几天的情景。

相聚总是短暂，而离别太长，我得用心记下这些场景，因为将来要回味的时间多着呢。

时间一点一滴流逝，耳畔火车前进的声响始终不断，这是失眠的前兆。

我叹口气，慢慢摸索到门边，轻轻拉开门，侧身闪出去。

遇见一个半夜上洗手间的中年汉子，我吓了一跳。

因为他双眼呆滞、表情木然，走路缓慢且随着火车前进而左右摇晃。

如果你看过电影《禁入坟场》，你大概会跟我一样，以为他是活死人。

"咋出来了？"

我转过头，暖暖揉了揉眼睛。

"因为睡不着。"我说。

"那我陪你。"暖暖说。

当为了女朋友而戒烟的男人又开始抽烟时，通常大家都会惊讶地问："咦？你不是戒烟了吗？"

但我和暖暖则是那种一句话都不说的人。

因为我们知道男人又抽烟的背后所代表的意义。

所以我和暖暖并不会互相询问睡不着的理由。

"轮到我问你一个深奥的问题。"过了许久，暖暖说。

"问吧。"我说。

"为何不从苏州回台湾，而要来北京？"

"因为心里老想着去年夏天在北京的往事，所以我就来北京了。"我说。

"北京魅力真大。"暖暖笑了。

"不是因为想念北京。"我说，"而是因为想念一个人。"

"我可以继续问吗？"暖暖说。

"不可以。"我说。

"那我就不问。"

"可是我偏要回答。"我说，"因为想念暖暖，所以我到北京。"

暖暖没回话，静静靠躺着车身，脸上挂着浅浅的微笑。

"我想睡了。"暖暖说。

"你睡吧。"我说。

"你呢？"

"我无法移动，因为思念的浪潮已经将我吞没。"

"说啥呀。"

"啊！淹到鼻子了，我快不能呼吸了。"

"你少无聊。"暖暖说。

"灭顶了。"我说，"救……命……啊……"

"别在这儿丢人了。"暖暖拉着我走回包厢，"快睡。"

在黑暗中躺回床铺，闭上眼睛还是没有睡意。

"凉凉。"暖暖轻声说。

"嗯？"

"伸出你右手。"

虽然好奇，我还是伸出右手，暖暖左手小指钩住我右手小指。

"做什么？"我问。

"你不是说你灭顶了吗？"暖暖轻轻笑着，"我只好钩你起来。"

我心里又觉得暖暖的，全身逐渐放松，眼皮开始觉得重了。

"既然咱们钩钩手了，干脆做个约定。"暖暖说。

"约定？"

"如果以后你在台湾失眠时，要想起今夜。好吗？"

"嗯。"

"晚安。"暖暖说。

我和暖暖双手自然下垂，但依然保持着小指钩住的状态。

我知道醒来后小指一定会分开，但起码入睡前小指是钩着的。

这就够了。

天亮了，火车抵达北京。

用不着手机闹钟的呼叫，那两位北京女孩的谈笑声，可以让我醒十次。

"台湾小伙，得说再见了。"高的女孩说，"别哭哦。"

"千万别舍不得咱离开。"瘦的女孩说，"咱可是不回头的花儿呢。"

"不是舍不得。"我说，"是求之不得。"

"说啥呀。"暖暖瞪我一眼。

这两个北京女孩边笑边走，人影都不见了，我却还能听见笑声。

刚走出车站，暖暖得回单位交差，说了句忙完了再来找我，便走了。

我看着暖暖的背影消失在人群中，心里有种说不出的孤单。

但我还是得坚强地站着，维持正常的呼吸、心跳和干燥的眼角。

因为我得先彩排一下，试着承受这种分离的力道，以免明天正式公演时，被这种力道击倒。

"嘿！"

突然有人拍了拍我的肩膀，回过头，暖暖笑吟吟地站在我身后。

我张大嘴巴，又惊又喜。

"坐过北京的地铁吗？"暖暖笑了笑，"咱们一起坐。"

"你……"

"想给你个惊喜而已。"暖暖很得意。

暖暖带着我走进地铁站，坐2号线转1号线，王府井站下车。
离开地铁站慢慢走回饭店，饭店斜对面有家永和豆浆，我们在那儿吃早点。
"永和豆浆在台湾很有名吗？"暖暖问，"北京好多家分店呢。"
"在台湾，豆浆都叫永和、文旦都叫麻豆、贡丸都叫新竹。"
"说啥呀。"
"意思就是永和豆浆很有名。"我说。

想起去年喝豆汁儿的往事，同样是豆字辈的，豆浆的味道就人性化许多，起码豆浆不用试练你的味觉。
"你比较喜欢豆汁儿还是豆浆？"我问暖暖。
"豆汁儿。"暖暖回答。
"美女就是美女。"我说，"连舌头都跟别人不一样。"
"你少无聊。"暖暖说。

吃完早点，我们走回台湾饭店，然后我上楼，暖暖坐出租车回单位。
虽然明知这次应该不可能，但我进电梯前还是回头看看暖暖是否在身后。
果然不在。
拖着沉重的脚步进了房间，放下行李，坐在床边发呆。
意识到该找点事做，便起身进浴室洗了个热水澡。

洗完后又坐在床边发呆，然后顺势躺下。

醒来后已快下午一点，检查手机，无任何来电或短信。

自从三天前下飞机后，我睡醒睁开眼睛，一定会看见暖暖。

但现在房间空荡荡的，只有我一个人。

感觉房间正以一种无形的力道向我挤压，我透不过气，便下楼走出饭店。

走在王府井大街上，今天是星期天，人潮挤满这条步行街。

我漫无目的地走着，以一种与大街上人群格格不入的步伐和心情。

到了东长安街口，右转继续直走东长安街，走到天安门广场。

这个可容纳上百万人的广场即使现在已涌进几万人，还是觉得空旷。

穿过天安门，我买了张门票，走进紫禁城。

去年和暖暖在此游览时正值盛夏，阳光照在金瓦上，闪闪发亮。

如今因为三天前那场雪，紫禁城染了白，看来有些萧瑟苍凉。

我随处乱走，到处都充满和暖暖曾驻足的回忆。

最后走到御花园，连理树因积雪而白了头，但始终紧紧拥抱在一起。

连理树依然是纯真爱情的象征，无论夏冬、无论青丝或白头，努力提醒人们纯真的爱情是多么可贵，值得人们歌颂。

如果有一天，世上的男女都能以纯真的心对待彼此，又何须连理树来提醒我们爱情的纯真？

到那时连理树就可以含笑而枯了。

所以连理树现在还活着，因为人们还需要被提醒。

离开御花园，走出神武门，护城河积了些冰雪，也许过阵子就完全结冰了。

手机突然响起，看了一眼，是暖暖。

"凉凉。"暖暖的语气很急，"你在哪儿？"

"神武门外护城河旁。"我说。

"我立马过去。"暖暖还是有些急。

"坐车吧。"我说，"不要立马。"

"呀？"暖暖愣了愣，随即说，"喂。"

"我知道。"我说，"你别急，慢慢来。"

我注视护城河缓缓流动的水流，会不会当暖暖来时，护城河已结冰？

"凉凉！"暖暖叫了声。

我回头看着暖暖，才几个小时不见，内心却还是激动。

暖暖絮絮叨叨说着话，没什么顺序和逻辑。

我整理了一下，原来是她忙完回家洗澡，洗完澡就要来找我，却睡着了。

"去饭店找不着你，我还以为你去机场搭飞机回台湾了呢。"暖暖说。

"没听你说再见，我是不会走的。"我说。

北方的冬天，天黑得快，暖暖问想去哪儿吃晚饭。

"吃渝菜吧。"我说。

"你不是不能吃辣？"暖暖很惊讶。

"但你喜欢看我被辣晕。"我说，"不是吗？"

"说啥傻话。"暖暖说，"咱们去吃地道的东北酸菜白肉锅。"

我相信暖暖带我来吃的这家酸菜白肉锅一定很东北，但我有些心不在焉。

即将来临的离别让我的心冰冻，无法与暖暖正常谈笑。

暖暖似乎也感受到了，话渐渐变少，终于安静了下来。

"暖暖。"我努力打破寂静，"你知道玛丽姓什么吗？"

"呀？"暖暖似乎吓了一跳，"玛丽姓啥？"

"库里斯摩斯。"我说。

"嗯？"

"因为大家都说：Merry Christmas。"

暖暖睁大眼睛看着我，过了一会才说："辛苦你了。"

"确实很辛苦。"我说。

暖暖这时才发出一点笑声，我也因而简单笑了笑。

"今年你过圣诞时，要想起这个哦。"我说。

"行。"暖暖笑了笑。

吃完饭，暖暖带我去老舍茶馆喝茶听戏。

茶馆古色古香，极力重现老北京的茶馆文化。

暖暖已经订好位，我们坐下时发现表演厅坐满了人，而且多半是老外。

演出的节目有京剧、口技、杂技、相声、曲艺等，甚至还有中国功夫。

以前曾在电视上看过变脸的表演，现在亲眼看见，眼睛还是没演员的手快。

"我要去卖春——"台上的京剧演员拖了长长的尾音，"卷。"

我不争气地笑了。

离开老舍茶馆，夜已深了，我和暖暖在街上走着。

也不知道为什么，像是一种默契，我们不想坐出租车，只想单纯地走。

经过前门，浓黄色的投射灯照亮了这座古城楼，看起来很美。

这大概是现代科技跟古老建筑的最佳结合吧。

在前门的衬托下，北京的夜有种迷人的气质。

我和暖暖几乎没交谈，偶尔视线相对时也只是简单笑一笑。

我努力想着还有什么话没说，因为这是在北京的最后一夜了。

突然想到了，去年暖暖总是嚷着或暗示想去暖暖瞧瞧，可是这次来北京，暖暖却不再提要去暖暖的事。

直走广场东侧路，左手边是天安门广场，走到底再右转东长安街。

"关于你想去暖暖的事……"我说。

"我知道。"暖暖没让我说完，"小欣买了一条鱼，但阿丽不想煮。"

"其实我……"

"别说了，我心里头明白。"暖暖浅浅一笑，"你有心就够了。"

虽然暖暖这么说，但我还是感到内疚。

"很抱歉。"我说，"这应该只是一个小小的愿望而已。"

"所谓愿望这种东西，最好有些实现、有些别实现。"暖暖说。

"为什么？"

"愿望都实现了，活着还有啥味？"暖暖笑了笑。

"你有已经实现的愿望吗？"我问。

"有呀。"暖暖说，"你现在不是在北京了吗？"

暖暖脸上挂着满足的笑。

我也笑了，因为来北京找暖暖也是我的愿望。

宽广的东长安街，深夜车潮依然川流不息，行人像在墙角行走的蚂蚁。

"给。"暖暖拿出一样东西，我用手心接住。

是一片深红色的树叶，甚至带一点紫，形状像椭圆。

"香山的红叶。"暖暖说，"你生日隔天，我去香山捡的。"

"这应该不是枫叶吧。"我说。

"这是黄栌树叶，秋天就红了，而且霜重色越浓。"暖暖说，"你生日是霜降时节，红叶最红也最艳，刚好送你当生日礼物。喜欢吗？"

"嗯。"我点点头，"谢谢。"

"有人说北京的秋天最美，因为那时香山的红叶满山遍野，比花儿还红，像着了火似的，景色特美。"暖暖说，"所以秋天到北京最好。"

"秋天应该是回到波特曼吧。"我说。

"你还记得那首诗？"暖暖说。

"嗯。"我说，"谢谢。"

"谢啥？"

"因为你让我看到那首诗，也让我喝了杯红酒。"

"是单位出的钱。"

"但心意是你的。"

暖暖没再说什么，只是笑了笑。

左转进王府井大街，商家几乎都打烊了，日间的喧闹归于寂静。

我想把那片红叶收进皮夹，才刚打开皮夹，迎面而来的相片让我出神。

"在看爱人的相片吗？"暖暖开玩笑说。

"是啊。"我把皮夹递给暖暖。

暖暖只看一眼便红了脸，说："我的相片咋会在你这儿？"

"这是去年在长城北七楼那里，高亮拍的。"我说。

"再过几年，兴许我就不是长这样了。"暖暖看了一会后，把皮夹还我。

"你在我心里永远长这样。"我说。

"说得好像以后见不着面似的。"暖暖瞪了我一眼。

"我说错了。"我说，"我道歉。"

"我接受。"暖暖说。

台湾饭店就在眼前了，只剩一条马路的宽度，我和暖暖同时停下脚步。

将红叶收进皮夹前，我看见红叶背面的字。

应该是暖暖用毛笔写的小字：明朝即长路，惜取此时心。

"你有新的愿望吗？"我说。

"希望下次见面时，我还是长现在这样。"暖暖说，"你呢？"

"嘿嘿。"我笑了笑。

"那我就好好活着，等愿望实现。"暖暖也笑了。

暖暖挥挥手，坐上出租车，由西向东走了。

我穿越马路，由南向北，进了饭店。

回到房间把行李整理好，打开窗户，坐在小阳台，欣赏北京最后的夜。

渐渐觉得冷了，关了窗，躺上床，等待天亮。

天亮了。

拉好行李箱拉链，把机票和台胞证收进随身的背包里，便下楼。

办好 check out 手续后，我坐在饭店大厅的沙发上，脸朝着大门。

暖暖出现了，缓缓走到我面前，停下脚步。

我站起身。

"嘿，凉凉。"暖暖说。

"嗨，暖暖。"我说。

"走呗。"暖暖说。

16

暖暖又开了那辆白色车，我将行李箱放进后备厢，发出低沉的碰撞声。

关上后备厢，突然觉得冷。

"原来现在是冬天。"我说。

"是呀。"暖暖说，"上车呗。"

车内的暖气很强，才坐不到半分钟我便脱掉外套。

再过三分钟，我连毛线衣都脱了。

暖暖只是简单笑笑，没解释为何暖气要开这么强，我也没问。

二环路出奇地顺畅，车子一接近路口也通常碰到绿灯。

北京似乎很欢迎我离开。

暖暖说她买了一些北京的小吃，让我在飞机上吃。

"待会别忘了拿。"暖暖说。

我立刻收进背包里，因为待会应该很容易忘了事。

"凉凉。"暖暖说，"跟你商量一件事好吗？"

"嗯。"我点点头。

"待会……"暖暖有些吞吞吐吐，"待会到了机场，我不下车。"

"你怕掉眼泪吗？"我说。

"东北姑娘在冬天是不掉眼泪的。"暖暖说。

"哦？"

"在零下三十摄氏度的天气掉泪，眼泪还没到下巴就结成冰了。"暖暖说，"那滋味不好受。"

"难怪东北女孩特别坚强。"我说。

"但夏天眼泪就掉得凶。"暖暖笑了笑，"弥补一下。"

"所以……"暖暖说，"我待会不能下车。"

"因为现在是冬天？"

"是呀。"暖暖说，"但车内暖气挺强，像夏天。"

暖暖抓着方向盘的手有些紧，眼睛盯着前方，侧面看来有些严肃。

"我不想看你掉泪。"我说，"如果我再到北京，会挑冬天来。"

"又是大约在冬季？"暖暖说。

"嗯。"我说，"大的约会，果然还是得在冬季。"

"不是在此时，不知在何时，我想大约会是在冬季。"暖暖唱了出来。

"是啊。"我说。

然后我和暖暖都沉默了。

窗外是机场高速公路，两旁的桦树已染上淡淡的白。

记得几天前来的时候，树木看起来是羞答答的；现在却是泪汪汪。

暖暖是东北女孩，像洁白挺立的白桦。

而生长在冰冻土地上的白桦，原本就该坚强。

也只因白桦坚强，才能长在这儿，因为她们每天得目送那么多人分离。

首都机场 2 号航站楼已在眼前，终点到了。

暖暖靠边停下车，"咚"的一声打开后备厢，然后说："自从美国发生'九一一事件'后，安检变严了，你动作要快些，免得误了班机。"

"嗯。"我穿上毛线衣和外套，打开车门，走到后备厢，提起行李。

"下次来北京，记得通知我。"暖暖的声音从车内传出。

"你也一样。"我拖着行李走到前车门，弯下身说，"下次到台湾，记得通知我。"

"我连上次都没有，哪来下次？"暖暖笑了。

我却笑不出来。

一离开有暖气的车子，只觉得冷。

暖暖简单挥挥手，连一声再见也没说便开车走了，我觉得更冷。

即使在哈尔滨，也没像现在一样，觉得全身的细胞都在发抖。

拖着行李走了几步，脑袋有些空白，全身没了力气。

松开手，背靠着墙壁，闭上眼睛。

开始准备接受暖暖不在了的事实。

这次来到北京待了四个晚上，只有两晚在饭店，其余两晚在北京往返哈尔滨的火车上。

苏州、杭州、上海、北京、哈尔滨，我似乎总在奔波。

要见暖暖一面，三千公里只是一瞬间；要离开暖暖，一步也很遥远。

我即将回到台湾，回到 0 与 1 的世界，跟存折的数字搏斗。

而深夜下班回家时突然袭来的关于暖暖的记忆，又该如何排遣？

或许我可以做些傻事，或者少些理智、多些冲动与热情。

热情也许不曾磨灭，但现实面的问题却不断挑战我的热情。

就像人民币跟台币之间存在一比四的换算公式一样，我试着找出热情与现实、台湾与北京之间的换算公式。

也就是说，虽然热情依旧，但心里总不时浮现一个问题：

燃烧热情产生能量足以推进的距离，够不够让我接近暖暖？

我可以算出北京到香港、香港到台北的距离，这些距离并不远；但我跟暖暖之间最远的距离，是台湾海峡。

那不是用长度、宽度或深度所能量测的距离。

用我将会一点一滴消逝的纯粹所做成的船，可以航行并穿越台湾海峡吗？

台湾把另一半叫牵手；北京则叫爱人。

我将来应该会找到生命中的牵手，暖暖也会找到属于她的爱人。

如果我们连另一半的称呼都不同，那么大概很难成为彼此的另一半吧。

手机突然响了。

一看来电显示"暖暖"，吃了一惊，赶紧按下接听键。

我精神一振，叫了声："暖暖！"

"凉凉！"暖暖的声音，"快来机场外头，下雪了！"

抬起头，天色有些灰暗，刮了点风，少许白点在风中乱飘。

“我看到了。”我说。

“咋这么快？”

“因为我还没走进机场。”

“呀？”

我下意识四处张望，以为或许暖暖正躲着准备趁我不注意时突然现身。

但只见从停止的车辆中拿出行李走进机场的人，直线移动、方向单调。

空中的雪呈弧线乱飘，落地后还不安分地走了几步，似乎不甘心停止。

“你还在开车吗？”

“当然的呀。我还得把车开回单位去呢。”

我心一沉，地上的雪终于放弃移动。

“你打电话来，只是为了告诉我下雪了吗？”

“你喜欢下雪不是吗？”暖暖说，“我想听听你高兴的声音。”

“我……”顿了顿，提起精神说：“很高兴。”

“这是高兴的声音吗？听起来不像。”

“因为有些冷。”

“冷吗？”

“嗯。”

暖暖停顿十秒后，说：“那就进去呗。冻坏了可糟。”

"我再多看会吧。"我试着挤出笑声,"毕竟台湾看不到的。"

雪变大了,风也更强,地越来越白,身体越来越冷。

"还是进去呗。"暖暖说。

拉高衣领,缩着脖子,拿着手机的左手有些僵,右手来换班。

"我……"声音有些抖,"可以叫你的名字吗?"

"你冻傻了?"暖暖笑了,"当然成。"

"暖暖、暖暖、暖暖。"

"有用吗?"

"超级有用。"我说。

"不是瞎说的吧?"

"不。是明说。"

"又瞎说。"

"再多叫几声好吗?"

"嗯。"

"暖暖、暖暖、暖暖……"

叫到第七次时,一不小心,眼睛开始湿润,喉咙有些哽咽,便停止。

暖暖应该发觉了,也不多说什么。

"好点没?"过了许久,暖暖才开口。

"嗯。"我擦擦眼角,用力吸了口冷空气,"暖和多了。"

"这就是我名字的好处,多叫几声就不冷了。"

"我很感激你父亲给你取这么个好名字。"

"我也感激您不嫌弃。"

"你听过有人嫌钻石太亮吗？"

"这倒是没听过。"暖暖简单笑了笑。

我该走了，再不办登机手续，可能就走不了。

"暖暖，什么时候才能再见到你？"我说。

"你说呢？"

"也许一个月，也许一年，也许十年，也许……"

我顿了顿，硬生生把"下辈子"吞下肚。

"也许是一分钟呢。"暖暖说。

"一分钟？"

可能是心理作用，我隐约听到暖暖的笑声。

"嘿，凉凉。"

"嗯？"

"凉凉！"

我觉得声音有些怪，倒不是暖暖音调变了，而是我好像听到回音。

手机里的声音跟空气中的回音重叠在一起，就像在天坛的天心石一样。

"凉凉！"

这次听得更清楚了，回音压过手机里的声音。

我抬起头，暖暖白色的车子突然冒了出来，出现在我左前方十米。

靠近机场的车道已被占满，暖暖的车由左向右，缓缓穿过我眼前。

"嘿！凉凉！"暖暖摇下车窗，右手放开方向盘努力伸向车窗外，高喊：

"凉凉！再见！"

"暖暖！"弹起身，顾不得手机从手中滑落，朝她车后奔跑，"暖暖！"

只跑了八步，便被一辆黑色轿车挡住去路。

"暖暖！"我双手圈着嘴，大声呼叫。

暖暖并未停车，以缓慢的车速离开我的生命。

"凉凉……"暖暖的声音越来越远、越远越薄，"再见……"

我绕过黑色轿车，冲进车道拔腿狂奔，拼命追逐远处的白影。

"暖暖！"我用尽力气大声喊，"我一定会带你去暖暖！"

我突然感到一阵莫名的悲伤。

就好像握住临终老父的手，告诉他将来我会好好听他的话一样。

那只是一种根本做不到却又想用尽生命中所有力量去遵守的承诺。

在漫天飞雪里，视野尽是白茫茫一片，我呆立雪地。

不知道该如何呼叫暖暖。

我和暖暖都是平凡人，有单纯的喜怒哀乐，也知道幸福必须追求与掌握。

或许有少许的勇气去面对困境，但并没有过人的勇气去突破或扭转困境。

时代的洪流会将我冲到属于我的角落，暖暖应该也是。

我们会遥望，却没有游向彼此的力气，只能慢慢漂流，直到看不见彼此。

在漂流的过程中，我将不时回头望向我和暖暖曾短暂交会的所在。

我看清楚了，那是家餐厅，外头招牌明显写着："正宗湖北菜"。

然后我听到暖暖的声音。

"嘿，我叫暖暖。你呢？"

The End

后记 [1]

时间是 2003 年或 2004 年，季节可能是夏末也可能是秋初。

详细的时间和季节记不清了，只记得我一个人在午后的北京街头闲逛，碰到一群大学生，约二十个，男女都有，在路旁树荫下一米高左右的矮墙上坐成一列。

他们悠闲地晃动双腿，谈笑声此起彼落。

我从他们面前走过，不禁想起过去也曾拥有类似的青春。

"痞子蔡！"

听到身后响起我的昵称，我吓了一跳，瞬间停下脚步，转过头。

"您真的是痞子蔡吗？"一个男大学生站起身，走向我。

---

[1] 此篇为繁体版后记，收录于《暖暖》，台北：麦田出版，2007。

我是个老实人，又受过专业训练，碰到问题不会拐弯抹角。

所以我点点头。

我问那位认出我的学生，为何他认得出我。

因为我对自己的长相颇有信心，这种毫无特色的长相是很难被认出的。

自从有了痞子蔡这昵称，我在成大校园走来走去好几年，可从未被陌生人认出来过。

更何况这里是北京，而且认出我的人明显操着北方口音。

"我是您的读者，在电视上看过您本人。"他说。

学生们似乎都听过我，于是全部弹起身，围过来七嘴八舌，我在圆心。

话题绕着我现在在干吗、还写不写东西、作品真实性，等等。

这时我才知道，这群学生一半来自台湾三所大学，剩下一半来自北京。

我又吓了一跳。

原来他们是参加夏令营或是有着神圣名字但其实只是找个理由玩的活动。

"大伙合个影吧。"认出我的北京学生拿起数码相机。

我们在树荫下挤成两列。有人说："这里太暗，记得开闪光灯。"

"说啥傻话？"拿相机的开口，"有痞子蔡在这儿，还会不够亮吗？"

"哇！"我龙心大悦，"这句话有五颗星耶。"

拿相机的嘿嘿两声，按下快门，而且真的没用闪光灯。

很抱歉，描述这段往事的文字可能有些嚣张，根本不像谦虚低调的我。

但身为一个写作者，必须忠实呈现故事发生的情景与对白。

所以我只能虎目含泪地告诉你，确实是这样的。

又拍了几张相片后，我说了声再见、你们好好玩吧，便打算离开。

"要不要考虑把我们这群学生的故事写成小说？"认出我的学生说。

我笑了笑，没多说什么，挥挥手便走了。

这种事我通常不干，而且当时我也没把握以后还会写小说。

今年年初，是我在成大任教的最后一个学期，如果没意外的话。

我的课排在晚上，有天突然发现教室里多了几张陌生脸孔。

下课后，有四个学生走向我，说他们是从大陆来的，到成大当交换生。

我很好奇，请他们一起到我的研究室聊聊。

这四个学生两男两女，来自四所不同的大学，似乎颇适应在台湾的生活。

他们离开时，我各送每人一本自己写的书，当作纪念。

后来他们四人又分别来找我一次，都是在即将回大陆的前一晚。

有一个学生还买了个茶杯送我，因为觉得拿了我的书很不好意思。

"期待您的新作品。"临走时他说。

他走后，我突然想起那年在北京街头碰到的那群学生。

两天后，我开始动笔写《暖暖》。

《暖暖》虽然是个简单的故事，但并不好写。

在写作过程中，有时还会担心一旦写完后自己会不会被染上颜色。

处在这种时代氛围中，人们往往会丧失内在的纯粹，和勇气。

如果有天，世上的男女都能以纯真的心对待彼此，便没有太多题材可供写作了。

到那时小说家就可以含恨而终了。

所以我现在还可以写。

《暖暖》文中提到的景点，我几乎都去过，但已经是好几年前的事。

也许我的描述不符合现况，因为那是凭印象写的，难免有错。

原本想把长度控制在十万字，但还是超出了约六千字。

如果写得太好让你感动不已，请你见谅，我不是故意的。

如果写得不好，也请你告诉我，让我知道我已经江郎才尽。

然后我会应征地球防卫队，打击外星人保护地球，做些真正有意义的事。

《暖暖》写到一半时，又有一男一女到研究室找我。

男的是大陆研究生，也是来成大的交换生；女的则是成大的研究生。

他们是在台湾认识的。

"你们一定是男女朋友。"我说。

他们吓了一跳，然后男的傻笑，女的害羞似的点点头。

"很辛苦吧？"我说。

"没事。"男孩看了女孩一眼，笑了笑。

女孩浅浅一笑，也看了男孩一眼，说："还好。"

我们三人聊了一会，我和女孩以学长学妹相称，男孩则叫我蔡老师。

"学长。"她对我说，"他能见到你，离开台湾后便不会有遗憾。"

"他能在台湾认识你，才觉得死而无憾。"我问他，"是吧？"

"没错。"他哈哈大笑,"您果然是写小说的。"

她有些不好意思,拉了拉他的衣袖。

我手边只剩一本书,打算送给他们,签名时问他们书上要题谁的名字?

两个人互相推说要签上对方的名字。

"那就两个人的名字都写上。"我说。

然后我又写上:永结同心、永浴爱河、永不放弃、永……

"学长。"她笑着说,"可以了。"

"要加油哦。"我说。

"我会的。"他回答。

"嗯。"她点点头。

他们又再次道谢,然后离开。

他们离开后两个月,我终于写完《暖暖》。

很多小说作者喜欢将小说献给某些特定的人。

我很少这么做,因为担心若写得不好,反而会连累被我献上作品的人。

但如果你觉得《暖暖》写得还可以,我很想将《暖暖》献给某些人。

就献给午后北京街头坐在矮墙上悠闲晃动双腿的那群大学生、临行前还不忘来跟我告别的四个大陆交换生、始终带着腼腆笑容的一男一女研究生。

还有在任何时空背景下，内心仍保有纯粹的人们。